JN075890

人を乞う

あさのあつこ

祥伝社文庫

目次

第一章　天羽（あもう）の音

聞こえる。

何の音だろうか。

柔（やわ）らかく、円（まろ）やかで、そのくせよく響く。

藤士郎（とうしろう）は夜具の中で寝返りを打った。

柔らかく、円やかで、そのくせよく響くこの音は……。

雨音、だろうか。

昔、ずっと昔、まだ肩上げをしていたころ、庭で一人遊んでいた。頭上には碧空（へきくう）が広がっているとばかり思っていたのに、ふと見上げてみれば濃灰色（のうかいしょく）の雲が広がり、日を遮（さえぎ）っていた。眺めている間に雲は濃さと厚みを増し、空を侵（おか）していく。その雲の奥に黄金色（こがねいろ）の光が走り、ややあって雷鳴が轟（とどろ）いた。

竜がいる。

雲の中で黄金の竜がのたくっている。幼い藤士郎には鱗を煌めかせ、怒りにわななきながら天を翔る竜が見えた。怖いとは感じなかった。ただ、もっとはっきりと見たかった。鱗の一つ一つ、髭の一本一本までこの眼で確かめたい。雲に向かって手を伸ばしたとき、水滴が頬に当たった。風が吹いて、傍らの柿の木が揺れる。そこに柔らかな音が響いた。

ポォツ、ポォツ、ポォツ。

大粒の雨が落ちてくる。柿の葉が、草々が、大地が音をたてる。優しく柔く円やかな音だ。

竜は怒っていない。笑っているんだ。

周りが俄かに暗くなっても、稲光が一閃しても、雷が地響きに似た音を立てても恐ろしくはない。耳に響いてくる雨音が心地よかった。

「まあ、藤士郎さま。何をしておいでです」

女中頭を務めていたおふゆが目を見開き、庭に駆け下りてくる。

「こんなに濡れて、お風邪を召しますよ。ささっ、中にお入りください」

おふゆは華奢な身体には似合わぬ剛力者で、藤士郎をひょいと抱えるとそのまま屋敷内に運んでしまった。

「おふゆ、待って、待って。もっと雨の音が聞きたいのだ」

「なりません。雨の中で遊ぶなど以ての外です。お身体に障ります」

「だって、おもしろいのだ。雨の音が聞きたいのだ」

「駄目って言ってるだろ。何でそう聞き分けがないんだよ。着物が濡れちまったら着替えがないんだ。洗濯だって大変だし、ちっとはこっちの苦労も考えな」

　おふゆの口調ががらりと変わる。驚いて視線をやれば、そこには若く美しく、浅黒い肌をした江戸の女の顔があった。

「お代！」

　江戸の長屋で知り合った少女だ。蓮っ葉でおきゃんで婀娜っぽい。真っ直ぐな心根を持ち、妙に大人びた眼つきをする。そんな少女だ。少女だった。

　いつの間にか、藤士郎は幼子ではなくなっていた。おふゆもいない。雨の音に包まれて、お代と向き合う。胸の奥が震えて、息が苦しい。

「お代、おまえ、生きていたのか。ほんとうに生きて……」

「なに寝ぼけたこと吐かしてんだよ。生きてるに決まってるだろ。それより、あたいに何の挨拶もなく江戸を出て行っちまって。どういう料簡なんだよ。え？　事と次第によっちゃあ只じゃすまないからね。覚悟しなよ」

「生きてたのか、生きてたのか、よかった。よかったぞ、お代」

無残に殺されたはずの少女は生きていた。生きて、相変わらずの憎まれ口をきいている。藤士郎はお代を抱き締めた。微かに瓜の匂いがした。「ほら、食いなよ。あたいが漬けたんだ」そんな一言とともに差し出された瓜の漬物の匂いだ。あっさりとして香ばしく、江戸のじめついた暑気を幾度となく掃ってくれた。

「よかった。本当によかった。お代、よく生きていてくれた」

「……嘘だよ」

お代の口調が掠れていく。沈んで重い。

「みんな嘘だよ。藤士郎さん、ごめんね。あたい、嘘ついちまった。生きてなんかいないのにね。生き返れるわけなんかないのにね。ごめんよ。あたい、やっぱり駄目だ」

お代の肩から胸にかけてみるみる赤黒い染みが広がっていく。血だ。血に塗れながらお代は後退り、消えていこうとしている。その後ろに影がゆらりと立ち上った。みるみる、人の形になっていく。藤士郎は息を詰めた。

「五馬。五馬か」

天羽の地でともに剣を学んだ友がお代の後ろに立っていた。仄かに笑んでいる。けれど、その笑顔もやはり歪(ゆが)み、薄れていく。

「二人とも待て。どこに行くんだ。待ってくれ」

手を伸ばそうとしたが、左腕が動かない。指先まで痺(しび)れている。

「藤士郎さん、藤士郎さん、あばよ。もう会えない……淋(さび)しい……」

「藤士郎、達者でな。達者で生きろよ。おれの分まで……生きてくれ」

お代の顔がくしゃりと歪んだ。黄金の竜が空から降りてくる。ぐわりと口を開ける。

「逃げろ、食われるぞ、五馬！　お代！」

うわあっ。悲鳴を上げていた。夢中で動かした右手が何かに当たる。それで、目が覚めた。太い梁(はり)の通った天井が見える。藁(わら)ぶきで、煤(すす)けていた。明かり取りの窓から細長い光の帯が差し込んでいる。それは梁のあたりまでしか届かなくて、煤で黒光りする横木を淡(あわ)く照らし出すだけだった。

そうだ、おれは……帰ってきたんだ。

天羽に、砂川村(すながわむら)に、姉上や母上や慶吾(けいご)のいる場所に帰ってきた。

低い呻(うめ)きがした。横を向くと、部屋の隅(すみ)に美鶴(みつる)がうずくまっていた。身体を曲げ、帯の上から鳩尾(みぞおち)を押さえている。慌(あわ)てて起き上がった。

「姉上、いかがされました？　癪でも起こされましたか」

美鶴が顔を上げ、睨みつけてきた。なかなかの眼光だ。美鶴はしっかり者ではあるが、気性が荒いわけでも激しいわけでもない。むしろ、子どもや年寄り、病人など弱い者への労りを忘れない。優しいのだ。砂川村に領内所払いを命じられたとはいえ、上士の娘としての作法、立居振る舞いを身につけている。気さくで明朗で美貌でもある。五馬と同じく道場仲間だった慶吾に言わせると、「美鶴さまほど全てを具えた方はおられぬ」のだそうだ。弟の身からすれば、姉には姉なりの欠点も足らぬところも愚かさもそれなりにあると感じてはいる。しかし、美鶴に支えられ続けてきたのは紛れもない事実だった。だからなのか、それなのになのかわからないが、藤士郎は美鶴に睨まれると少しばかり怯んでしまう。睨まれることなど滅多にないけれど、今、美鶴は明らかに眼を怒らせていた。

「わたしには癪の気などありません。藤士郎、あんまりではありませんか」

「は？　あんまりというのは」

「何だかうなされているようだから起こしてあげようとしたら、突然、殴りかかってきて。まともにこぶしが入りましたからね。帯の上だったからまだよかったけれど、一瞬、息が詰まりましたよ。ああ、まだ痛いわ」

「えっ？　え、姉上を殴った？」

とっさに右手を見る。指を固く握り込んでいた。このこぶしで、竜に向かっていくつもりだったのか。五馬とお代を救えると思っていたのか。

「うなされていました」

美鶴がふっと息を吐く。とたんに、眼差しが穏やかになった。

「うなされて五馬どのを呼んでおられました。五馬どのともう一人、どなたか女人の名を」

「……お代です。江戸で住んでいた長屋の娘で、西も東もわからぬわたしの世話をなにくれとなく焼いてくれました。お節介でよく気が回って生一本で、めっぽう口の悪い娘でした」

でした。お代を過去の者として語らねばならない。美鶴の表情が曇った。

「その方は、亡くなられたのですか」

「わたしが江戸を発つ前夜、息を引き取りました。浪人者の刃にかかって……」

亡くなった者が二人、夢に出てきた。五馬を手に掛けたのは自分だ。武家の仇討騒動に巻き込まれたお代を救えなかったのも我が身の手落ちだ。悔いは鑿となって心を抉る。おれの分まで生きてくれと五馬は乞うた。お代は淋しいと泣いていた。あれは、悔いが見せた幻なのか、彼岸に渡った二人からの伝言なのか。

「そうなの」

もう一度、息を吐き出し、美鶴は微かに笑んだ。

「いろんなことがあったのですね。でも、帰ってきたばかりですもの。今はゆっくりして心も身体も休ませなさい。落ち着いたら、たっぷりと土産話を聞かせてくださいな。わたしも話したいことや相談事がたくさん、あるのよ」

姉の物言いがあまりに優しいものだから、藤士郎は目の奥が熱くなった。篠突く雨の中を歩き、父を介錯した夜から、天羽を抜け江戸で暮らし、またこの地に戻ってきた今日まで潜ってきた諸々を思う。僅か一年余りだ。しかし、五百石取りの伊吹家の嫡男として生きてきたそれまでより、遥かに重く、濃く、波乱に満ちた日々だった。己がいかに物知らずであったか、井の中の蛙であったかを思い知った、思い知らされた一日一日でもあった。人を斬ることも、止めを刺すことも、政の闇も光も、武士ではない生き方も、身体に食い込む荷の重さも、一途に他人を想うことも、冷徹に他人を利することも知った。知ったからといって、自分が成長したとも利口になったとも思えない。ただ、変わりはしただろう。闇に触れ、別の世界に触れた身と心が変わらぬわけがないのだ。

めでたくはない。しかし、覚悟はできた。知ったこと全てを背負って生きる覚悟だ。友を殺した者として、父を介錯した者として、政の渦に踏み込んだ者として生きる。覚悟はできているつもりだ。

知ってしまえば、知らなかったころには戻れませぬ。

そう言い切った男がいた。

柘植左京。藤士郎と父を同じくし、美鶴とは双子として生まれてきた男だ。柘植の家に生を享けた男と女の赤ん坊は一人は伊吹家に引き取られ娘として育てられ、一人は家を継ぎ柘植一族の容易ならざる役目を引き受けた。数奇としか言いようのない運命を生きてきた男は、それが自らの意思なのか、美鶴のためなのか、藤士郎には見通せない他意があるのか、天羽でも江戸でも藤士郎に寄り添い、支えてくれた。姉とは全く別の形で、だ。

支えてくれた――認めるのは些か無念でもあるが、出逢ってからこれまで支えられ続け、幾度も救われてきた。無念でも口惜しくても、やはり事実だ。

「それにしても、柘植どのは、なぜ、こちらに帰ってこなかったのでしょうね」

弟の心内を見透かしたかのように美鶴が呟いた。美鶴には昔からそういうところがあるのだ。勘が鋭いのか、藤士郎の思うことや、思いながら言葉にできないことをすらりと口にする。以前は、それが腹立たしいときもお節介だと感じたときもあった。今は、姉が何もかもを読み取り、読み取ったことを何もかもしゃべっているわけではないとわかってきた。藤士郎を慮（おもんぱか）ったうえで言わねばならぬもの、言っても障りないものを選び、言葉にしているのだと。そのあたりが感付けるようになったのも、この一年の変化だ。

「柘植には柘植の思うところがあるのでしょう。あいつはわたしと違って、事の裏の裏まで思案が及ぶ」

美鶴の口調がくらりと変わる。明るく突き抜けて、軽やかだ。

「まあ、藤士郎。あなた随分と謙虚になったのね。大人になったわ。以前のあなたなら、そんな風に誰かを認めたりできなかったでしょう」

「そんなわけがありません。前々から言いたかったのですが、姉上はわたしを子ども扱いし過ぎです。わたしとて、自分に足らぬところも相手の優（すぐ）れた面も認める器量はあります」

「ですから、大人になったと言うているではありませんか。苦労は人を育てると言いますものねえ。江戸から帰って、器量がまた一段と大きくなったのではなくて、藤士郎どの」

ふふっと笑いながら、美鶴が立ち上がる。その背中に声を掛けた。

「姉上、柘植に逢いたいですか」

美鶴もまた数奇な運命を背負った人だ。父、伊吹斗十郎と柘植の女の間に生まれ落ちた娘は、伊吹家の正室茂登子を実母だと信じて育った。茂登子もまた実の娘と違わぬ慈愛を美鶴に注いだ。他の女が産んだ赤子を抱きながら、母の胸中にどんな想いが去来していたのか、藤士郎にはとうてい窺えない。女という者は、底なしだ。何でも呑み込んでしまう。母や姉を見ていると畏敬の念とともに、蟒蛇を恐れるのに似た思いも味わう。藤士郎にはそれほどの構えはない。だから、真っ直ぐに問う。

美鶴が振り向き、座っている弟を見下ろした。

「ええ、逢いたいです。正直、柘植どの、いえ、左京を弟だとは思えない……。少なくともあなたと同じようには思えないのです。だからこそ、逢いたい。逢って、姉になれるのか弟になれるのか確かめてみたいの。それに」

美鶴の眼の中に影が走った。

「それにね、藤士郎。わたし、柘植の家の人たちのこと……知りたいの」

声が低くなる。ほとんど囁きになる。藤士郎は顔を上げ、耳をそばだてた。

「左京は知っているわけでしょ。わたしたちを産んだ人がどんな方だったか、お祖父さまやお祖母さまがどうだったのか。話を聞いてみたいの」

「姉上」

「わたしの母は伊吹の母上さま、お一人です。他にはおりません。でも、一度も顔を見たことのない方のことをふっと考えたりもするの。生まれたばかりの娘を取り上げられたとき、その方、どうしたのだろうって。泣いたのか、抗ったのか、諦めて静かに渡したのかって。なぜ、そんなことを考えてしまうか自分でもよく、わからないけれど。遠い昔にやり残した題をこれから解いていくような心持ちかしらね」

視線がすっと上に向けられる。光の加減で、天鵞絨とも見紛う梁の黒を見詰める。

「左京は、もうここには来ないつもりかしら。わたしたちとは縁を切ろうと決めたのでしょうか」

「藤士郎さま、わたしはここで消えまする」

左京が告げたのは、天羽藩藩主吉岡左衛門尉継興の一行が藤間宿に入ってすぐだった。藤間宿は既に天羽の領地で、なだらかな峠を越えれば城下は目と鼻の先だ。ただの旅人なら日暮れを恐れず進んで、城下に入る。そういう刻、空も地もまだ十分に明るいころあいだった。藩主一行となると日降ちの道を行くのも憚られるのか、継興は本陣に入り、供の者もそれぞれの身分に合わせ宿が割り当てられた。

そのごたごたの最中に告げられた。

「消える？　どういうことだ」

「このまま、城下までついていく用はありますまい。我らは家臣ではない」

「えっ、そうなのか。伊吹家は多少とはいえ禄を食んでいるぞ」

左京の眉間にあるかなきかの皺が現れた。この表情にはもう慣れっこになっている。藤士郎が的外れな言動をするたびに、左京は眉を顰めるのだ。ときには短くため息をつく。母親ができの悪い息子に嘆息する、そんな顔つきだ。

「あなたは脱藩なさったのですよ。明らかに浪人の身ではありませぬか。家臣とか藩士とかとは程遠いお立場ですぞ」

「浪人、言われてみればそうだが……」

江戸での暮らし、長屋住まいや日傭取りとしての仕事、住処を探してうろついた事柄一切を振り返れば、確かに浪人そのものだ。が、脱藩の件について、藩主側から咎めはいっさいなかった。母や姉の許に城から沙汰が届くこともなかった。

全てを不問に付す。正式に言い渡されたわけではないが、そこに近い意を感じはする。だからといって安堵を覚えるわけではなかった。

咎めなしだ、めでたいと喜ぶほど素直にもお人好しにもなれない。むしろ、訝しんでしまう。

「ともかく城下はもうすぐです。いつまでも、仰々しい行列にくっついて歩かずともよろしいでしょう。あなたは好きになさるとよい。わたしは、ここで消えます」

左京が言い捨てた。

「城下に入らぬというのだな」

「入りません。些か剣呑でございますからな」

吉岡家の紋所右二つ巴の幕が張られた本陣に向かって、左京は顎をしゃくった。

「剣呑とはどういうことだ？　城内で我らを襲う者があるという意味か」

「我らのような浪人者を襲って何の益があるのです。血が流れるだけ無駄ではないですか」

「それは刺客のことごとくが斬り捨てられるということか」

「あなたが斬り捨てられるかもしれません。その見込みは十分にあります」

左京の剣がどういうものか骨身に染みてわかっている。確かに、この男なら掠り傷一つ負わずに刺客の二人や三人、いや、四人や五人斬って捨てるだろう。藤士郎だとて剣が使えぬわけではないが比べものにならない。初めは、左京の剣筋を目で追うことすらできなかった。一瞬の風音を聞いただけだ。

五馬も天賦の剣才を称えられてはいたが、左京はさらに上を行く。神懸かった剣の速さを目の当たりにして、藤士郎は何度も息を呑んだ。かといって、自分が左京より劣るとは思わない。卑下もしないし、妬みもしない。自分にしかできない何かがある。確かな拠り所などないが、信じられた。父と友を手に掛け、江戸で一人の女の死に立ち会い、それぞれの想いを託され、今生きている。そういう自分にしか為せないことがあるのだ。

「政争に明け暮れる執政らを排し、藩政を改新する。それが藩主の意だと四谷は申しました」

四谷とは側用人四谷半兵衛のことだ。藩主も、藩主の側近として江戸屋敷を取り仕切る権門の者も左京はさらりと呼び捨てた。

「そうだ。父上の遺された書状をもとに筆頭家老津雲弥兵衛門、次席家老川辺陽典の二人を共に執政の座から退かせる。おそらく、どちらにも永蟄居が申し渡されるのではないか。いや、もしかしたら切腹の沙汰が下りるやもしれんな」

「そんなに上手く事が運ぶとお考えですか」

「え？」

「津雲も川辺も老獪(ろうかい)な政客です。四谷はともかく、藩主など世間知らずの若造でしかない。そうやすやすと一掃されるとは考え難(にく)いではありませんか」

「考え難い？　しかし、父上の書状には執政たちと城下豪商との結びつきが詳しく記されていた。江戸屋敷にて四谷さまが襲撃された事件も加えれば、二人の失脚は明らかだ」

「と、あなたは考えていた」

「違うのか？」

「違いはしません。容易(たやす)くはいかないと申し上げたのです。抜き差しならぬ証(あかし)を突きつけられ、津雲たちが恐れ入りました全ての罪を認め自害いたしますと、その場で腹を切るとは思えますまい」

「ま、まあそれはそうだが罪を認めてしまえば、腹は切らずとも失脚は免(まぬか)れまい。政の表舞台からは消えることになる」

　左京がかぶりを振った。眉間の皺が深くなる。

「現(うつつ)は芝居や戯作(げさく)とは違います。水が流れるように事が進むなど、万に一つもありませぬ。四谷らの描いた筋書通りに行くと、わたしには思われませぬが」

「何が起こるというのだ」

「わかりませぬ」

左京が頭上に視線を投げる。何があるのかと藤士郎も見上げてみたけれど、黄昏の迫る空が広がっているだけで、鳥の影さえなかった。

「柘植は、能戸の牢屋敷の守りと罪人の世話を役目として続いてきた家です」

静かな、その分、重さを感じさせる声だ。その声で左京は続けた。

「能戸に送られてくる者は、ほとんどが政絡みです。政争に敗れた者、政争の生贄になった者、伊吹さまのように知ってはならぬ秘密を知った者。様々な罪状を張り付けられてやってきます。が、牢屋敷での運命は一つ、死のみ。生きて出られる者はおりません。切腹を許される者も、毒を所望する者も、正気を失う者もおりました。けれど、死を受け入れ、納得し、従容として最期に臨む者はほとんどおりませんでした」

藤士郎は父を同じくする男の横顔を凝視する。視線が黄昏空から藤士郎へゆっくりと戻ってくる。

「意外でしたか」

「意外だ。能戸の牢屋敷の罪人は武家に限られているのだろう。それも、重臣、上士の者に」

「そうです」

「そういう者たちが潔く死に向かわぬのか」

左京がひょいと肩を竦めた。珍しく滑稽な仕草だった。

「武士がみな潔いとはただの思い込みです。能戸に送られてくる罪人の大半が煮えたぎるほどの無念や怨念を抱えておりました。鬼に化しても蛇に変わってもこの怨みを晴らし、政敵を呪い殺してやると叫び続けた者も、己の腸を引きずり出し、これを怨む相手に送りつけてくれと差し出した者もおりました」

口元に手をやった。僅かながら吐き気を覚えたのだ。左京の語る中身はすさまじく、血や肉や腸の臭いが立ち上ってくるようだ。

能戸の牢屋敷を思う。

秋も終わりの、雨の夕暮れ、太刀を手にそこに向かった。父に呼ばれたからだ。頑丈な土塀に囲まれ、切戸が一つだけついていた。牢と名は付くが、仕舞屋とそう変わらぬ造りに見えた。底なしに静かで暗いあの場所で、そんな地獄絵図が繰り広げられていたのか。そして、この男はそれを目の当たりにしてきたのだ。

「伊吹さまとて、そうです。己の思案、欲望に引きずられてあのような死に方を選ばれた」

「おれに介錯をと父上が望まれたことを、言ってるのか」

「そうです。わたしへの掣肘の意もあったでしょうし、あの書状を確かに手渡したい想いもあったでしょうが、なにも、あんな芝居じみたやり方を選ばずともよかったのです」

「柘植……」

「介錯をさせることで、伊吹さまはあなたに刻印をしたのです。父の死に様を生涯負うていけと。あなたに己を覚えておいてもらいたかった。忘れることを許さなかった。随分と手前勝手な、異様なやり方です。伊吹さまもやはり……他の罪人と同じく、狂うておられた。我執に取り憑かれ、未練に振り回され、粛々と死に臨むことができなかった」

「おまえなら、できるのか」

「え？」

「理不尽な死を押し付けられても粛々と我が身を始末できるのか」

左京の眉が心持ち持ち上がったようだ。それだけで、返事はなかった。

「おれなら嫌だ。納得できぬ死など受け入れられぬ。腸を引きずり出すまではいくまいが無念を晴らしたいと足搔きはする。きっとな」

「藤士郎さま、些かずれております。わたしは、執政たちの執念を侮っては痛い目に遭うと申し上げているのです。あなたの話をしているわけではない」

「家老の津雲たちが反撃すると？」

「十分、あり得ることです。藩主を亡き者にすることさえ考えておるやもしれません。藩主とまでいかずとも、四谷を屠る企てぐらいは為すでしょう」

「ご主君を！　まさか」

「腸を引きずり出した罪人は、先代藩主の伯父にあたる者でした。重臣の奸計に嵌り、このままむざむざ果てる無念を如何せんと息絶えるまで繰り返しておりましたよ。藤士郎さま、政の場とはそういうものです。魑魅魍魎が跋扈し百鬼夜行する。あなたが太刀打ちできる相手ではない。いったん入城してしまえば何が起こるかわからぬのです。その前に姿を消す方が得策でしょう。うん？　なんです」

　左京が顎を引く。訝し気に藤士郎の眼を見返す。それで、自分が随分と無遠慮に見詰めていたのだと気が付いた。慌てて、瞬きする。

「あ、すまぬ。いや……柘植の忠告はいつも現に根差しているなと感心していたのだ。おれなど思い及ばぬことばかりだ。気に掛けてもらったのだな。かたじけない」

「忠告などした覚えはありません。あなたを気に掛けたわけでもない。別れを告げに来ただけです。さすがに、黙って消えるのも憚られましたので」

「別れる？　なぜだ。ここを出て砂川に帰るのだろう。おれも一緒に行くぞ」

「砂川に戻るつもりはございません」

きっぱり言い切られて、藤士郎は戸惑う。城下に入った後、二人で砂川村に向かうものだとばかり思っていた。

「なぜだ。砂川村に帰らないならどこに帰る？　能戸の牢屋敷か？」

「あなたに教える気はありません」

左京が背を向ける。藤士郎は一歩、前に出た。

「姉上をどうするつもりだ」

左京は立ち止まったけれど、振り向かなかった。淡い西日が木綿小袖の背中を照らしている。秋の光のせいなのか、儚くさえ目に映った。

「姉上はおれたちが揃って帰るのを待っている。二人で帰ってくるのを待っているのだぞ」

「わたしには関わりないことです」

「おい、柘植」

左京の背中が遠ざかる。赤蜻蛉が一匹、あとを追うように真っ直ぐに飛んだ。

「柘植は必ずここに帰ってきます」

美鶴に告げる。その場しのぎのいい加減な物言いではない。藤士郎は信じていた。左京の帰るべき場所はここしかないと。能戸ではなく砂川なのだと。

「あいつは臍曲がりなんです。素直に自分の気持ちに従わない。必ず一旦、道を曲がってからでないと近づいてこない。困ったもんだ」

「あら、藤士郎、あなたったら、左京とそこまで親しくなったのね」

美鶴がくすりと笑った。まだ娘であったころと変わらぬ笑みだ。ただ、美鶴は日に焼け、指も腕も太くなっていた。髷に飾っているのは木櫛と手絡だけだ。伊吹の屋敷で振袖を身に着け琴を弾いていた姿からは程遠い。逞しくなった。そして美しくなった。数か月ぶりに顔を合わせた姉は内側から照り映えるような佳人になっていた。もともと、美しい人ではあったけれど、そこにさらに生気のようなものが加わり、浅黒く焼けた肌を艶めかしている。

「お帰りなさい、藤士郎。随分と待たせましたね」

夜半、ここに辿り着いたとき、美鶴は囲炉裏の傍に座っていた。腰を浮かし、目を潤ませながら一言、そう言った。それから、走り寄って抱きついてきた。姉は温かく、日向の香りがした。

母はさすがに走り寄りはしなかったけれど、思いの外強い力で抱き締めてきた。やはり、日の香りがした。その後、雑炊をすすり、短いやりとりを交わした。しゃべりたいことも訊きたいことも山のようにあったけれど眠気が勝った。そのまま引きずり込まれるように囲炉裏のほとりで眠ったのだ。

目が覚めて、まさか姉に睨まれる羽目になるとは考えてもいなかった。藤士郎は心持ち、唇を突き出してみる。

「親しいって……そういうわけではありませんが……」

「だって、慶吾さんや五馬さんの話をするときと同じ物言いよ」

「え？　そ、そうですか」

「ええ、遠慮がなくて、悪口を言っているようで相手のことを想ってる。そんな口振り」

とすれば、自分は左京を友のように感じているのだろうか。違うなと胸内で己に答える。それは違う。左京といると、藤士郎はいつも気持ちのどこかが張り詰めていた。そして、ほんの僅かだが淋しくもあった。どれほど懸命に手を伸ばしても、左京は決して握ってこない。そんな気がしてならないのだ。左京には多くを教えてもらい、多くを助けてもらった。借りが山のようにある。一つ一つ、どれだけ刻がかかっても返していきたいのだ。左京はそれを拒む。どんな形でも踏み込んでくることを許さない。鼻の先でぴしゃりと戸を閉められ、一人取り残されたような寂寞を覚えてしまう。では、諦めて踏み込まねばいい。手を引っ込めればいいと頭ではわかる。左京は藤士郎に貸しを作ったとも、返済してもらいたいとも考えていないのだ。ほんの僅かも。しかし、藤士郎は懲りもせず手を伸ばす。伸ばしていれば、いつか握り返してくれる……かどうかはわからない。しかし、伸ばさなければ触れられないではないか。

「柘植は姉上に逢いにきます。無事な姿を見せに来ます」

「ええ、そうね。このまま別れてしまうのは、あまりに淋しいもの」

美鶴は頷き、促すように外を指差した。

「あなたが帰ってきてくれて、ほんと助かるわ。佐平ももう年だから、無理はさせられないの。腰でも痛めたら動けなくなるもの」

「は?」

「鶏小屋を頑丈に直してちょうだい。鼬や狐が狙ってくるのよ。今度、犬を飼おうと思うのだけれどその小屋もいずれ造ってくださいな。まずは鶏小屋、垣根も壊れてるし、ああ、薪割りもお願い。裏手の薪を全部割って、束ねてほしいの。それと」

「ちょっ、ちょっと待ってください。それを全部、わたしがするんですか」

「当たり前でしょ。左京がいないのなら、あなたが引き受けるしかないではありませんか。ほら、起きて。ぐずぐずしてたら日が暮れてしまいますよ。顔を洗っていらっしゃいな」

　美鶴が夜具をひっぱる。

「えっ、えっ、だって、姉上、さっきゆっくり休めって言ったではありませんか」

「言いましたよ。でも、もう、十分ゆっくり休んだでしょう。今、何刻だと思ってるの。お日さまはとっくに昇ってますよ。ささっ、起きて、働いて。まずは鶏小屋の修繕よ。その前に顔を洗って、朝餉(あさげ)を食べてちょうだい」

「はいはい、わかりました」

　苦笑しながら起き上がる。部屋の隅に設けられた小さな仏壇に、まず手を合わせた。父、斗十郎は罪人として処せられた。戒名(かいみょう)を付けることは許されない。位牌(いはい)には俗名が記されていた。

　父上、帰って参りました。父上がわたしに託したあの書状がどう使われ、藩政がどう変わっていくのか天から見届けていただきたい。そして、わたしがこの先、どう生きるかも。

心の内で語り掛ける。

父のようには生きない。そして、死なない。この先、自分がどんな生を選ぶのか、どんな定めに巻き込まれるのか僅かも見通せないけれど、藤士郎は心に決めていた。父とはまるで異なる生き方を手に入れ、その先に死を迎え入れる。

美鶴が膳を運んできた。昨日と同じ雑炊と茄子の浅漬け、汁物が載っている。

「美味そうだ。いただきます」

「あら、文句を言わないのね」

「文句？　わたしがどうして文句など言うのです」

「以前のあなたなら、これだけですかとか、せめて炙った干物なりないのですかとか、不満を漏らしたはずだけど」

「姉上、それでは、まるでわたしが我儘な子どものようではありませんか。朝餉が、しかも美味い朝餉がこうして食べられる。それがどれほど恵まれたことか、わかっております」

砂川村の、いや、藩内の百姓の大半が白い飯を口にできるのは一年に一度あるかないかだ。稗、粟、その他の雑穀に芋を交ぜて主な食としている。藤士郎の手にした椀の中には、雑炊とはいえ白米が入っていた。卵まで入っていた。極上だ。

「そう、あなたも大人になったのねえ。頼もしくなって、姉としては嬉しいわ」

「ですから、そういう子ども扱いはやめてください。それより母上はどうされました。ちゃんと挨拶をしなければ」

「お外よ。畑仕事をしておられます」

「畑仕事！　母上がですか」

「そうよ。この秋茄子も母上さまのお手になったものなの。小振りだけれど風味があるでしょ。母上さま、ほんとに畑仕事がお上手なの。驚きでしょう」

茂登子の実家島村家は代々奏者番を務める名門の一族だった。上士の娘として育ち、五百石取りの上士の家に嫁ぎ、母となった。茂登子には茂登子なりの苦労も苦悩もあっただろう。斗十郎と柘植の女との間に生まれた赤ん坊を引き取り、娘として育てた。その斗十郎は城下の豪商と結託して私腹を肥やし、藩庫を損耗させた罪により能戸の牢屋敷に送られ、果てた。屋敷は没収され、砂川村という僻村に所払いとなった。それだけでも、奈落を見るような日々であっただろう。茂登子は耐えたけれど心に変調をきたし、あらぬことを口走るようになっていた。亡き夫の小袖を拵えるといい、幼いころの乳母の名を呼んで恋しがった。天羽を発つときも、江戸で暮らしている間も、母の異変はずっと気に掛かっていたのだ。お代から、さるお店の老母が毎夜の如く家を抜け出して町内を歩き回るだの、どこぞの損料屋の隠居が突然子ども返りして泣き喚くようになっただの、辣腕の商人と名高かった大店の主人が、六十を越えてから日向でしゃがみこんだまま一日中経を唱えるようになっただの、巷の噂話を聞くにつけ、母を案じないではいられなかった。

その母が、畑仕事が上手？　この茄子を作った？

「真ですか、信じ難い気がしますが」

「真ですとも。あなたに嘘をついてどうするの。母上さまはまだ暗いうちからお起きになって裏の畑に行かれるの。裏手がけっこうな畑になっているのですよ。わたしたちが耕したの」

「はあ、姉上ならわかります。見かけによらず逞しいのは、よく承知しておりますから」

「まっ、憎たらしい。わたしより母上さまの方がずっと逞しいですよ。なにしろ、ここを手習所にしてしまったのですもの」

「手習所って、あの、手習いですか。字を教える？」

「読み書き、それに算盤も教えます。女の子にはお針とお茶もね。初めは読み書きだけのつもりだったけれど、やるなら教えられることは全て教えましょうって、母上さまがおっしゃったの」

「はあ、母上が……」

どんな間抜け面になっていたのか、美鶴が噴き出した。

「藤士郎、箸の先から雑炊が垂れていますよ。ほんとにあなたったら……もう、そういうところはちっとも変わらないのね。おかしいわ」

「そういうところとは、どういうところですか」

「思ったことがすぐにお顔に出てしまうところ。あはは、ほんと、おかしい」

美鶴が軽やかに笑う。その声に誘われるように、腰高障子の戸が開いた。

「藤士郎、いるか」

「おう、慶吾か」

風見慶吾が飛び込んできた。藤士郎も立ち上がる。膳が揺れて、椀から汁が零れた。

「藤士郎」

「慶吾」

慶吾が飛びついてきた。両眼から涙が溢れている。

「藤士郎……やっと……やっと帰ってきたな……馬鹿野郎。どれだけ心配したか

「……」

「おい、泣くな。男子が声を上げて泣いたりするもんじゃないぞ」

戒めながら、藤士郎の目の奥も熱くなる。この世は変転する。確かなものなど、ほとんどない。栄華も、人と人との関わりも、地歩も、気持ちも、信じるものも、みな変わる。その変転に人は呑み込まれ、翻弄され、流され、己もまた変わっていく。けれど、慶吾はいつも慶吾だ。市中、松原道場で剣友であったときも今も、少しも変わっていない。飄々とした気配を纏い、涙脆く、だれも裏切らず、想いを尽くし懸命に生きている。

慶吾はちっとも変わっていない。

「昨夜、帰ってきたんだろう。何で我が家に寄らないんだ。文一つ投げ込んだだけで済ませやがって。まったく腹が立つ。おれは怒りながら五治峠を越えてきたんだ。覚悟しろよ」

慶吾のこぶしが腹を打った。むろん、さほどの力は籠っていない。

「勘弁しろ。風見家に寄ってしまうと長くなる。その日の内に、砂川に帰れなくなるからな。帰藩したことを報せれば、おまえから来てくれるとわかってたんだ。もし、来なければ、昼からでもおとなうつもりだった」

「来るに決まってるだろう。ずっと……ずっと、待ってたのに……。おまえが江戸を発ったと報せてくれてから、どれくらい待ってたと思うんだ。ほんとに……おれは……」

「だから泣くなって。あぁあ、洟が出てるぞ。おまえ、幾つだ。ほら、拭けって」

手拭いを差し出す。慶吾は音を立てて洟をかんだ。ついでに、目頭も拭う。

ふっと視線を感じた。顔を上げ、慶吾の肩越しに土間を見る。格子窓からの光に土間は淡く明るい。そこに、大鳥五馬が立っていた。小袖に袴姿で静かに佇んでいる。口元には、柔らかな笑みが浮かんでいた。

「五馬……」

「よく帰ってきたな、藤士郎。おれも待ちわびたぞ。随分と長かった」

「そうだな。積もる話がある。聞いてくれるか」

光が翳る。太陽が雲に隠れたのだろう。五馬が消えていく。瞬きして見直した土間には、竈の煙が薄く流れているだけだった。

「五馬がいたのか」

慶吾に問われた。息を呑む。どう答えていいか、迷う。慶吾が深く頷いた。

「おれ、ときどき感じるんだ。あ、五馬がいるなとか、見てるなとか、笑ってるなとか、感じる。思わず、名前を呼んだりもした。おれな、幽霊とか苦手なんだ。父上の墓参りに行くのもあまり気が乗らないぐらいで、母上にしょっちゅう怒鳴(どな)られている」

「ああ、昔からよく叱(しか)られてたな。『この軟弱者』なんて、な」

「そうなんだ。けど、墓地って人ならざるものがふわふわしているみたいで怖いんだ。だって、埋葬された者ってそのまま土の中で腐っていくわけだろう。そんなのがひょいと現れたら、おれ胆(きも)が潰(つぶ)れちまう。そのまま、気を失って前後不覚だ」

「ひょいと現れたりはせんだろう。狸(たぬき)や狐ではないんだから」

「現れる気がするんだよ。だから怖い。でも……五馬なら、きっと怖くない。幽霊でもいいから、出てきてほしいと本気で望んだりもする」

「うん……」

「あ、すまん。つまらんことを言ってしまったな」

　慶吾が目を伏せる。五馬の最期を慶吾は目の当たりにしたのだ。藤士郎の剣先が腹を抉(えぐ)るのも、藤士郎が止めを刺したのもずっと見ていた。だからこそ、藤士郎の前で五馬については口を閉ざしていた。しばらくぶりの出逢い、気持ちの昂(たかぶ)りがつい口元を緩(ゆる)めたらしい。

「つまらんことではない。慶吾、おれも五馬を感じる。おまえと一緒にいると特にな」

「そうか。あいつ、おれたちと一緒にいたいのではないか。一人、慌てて先に逝っちまったことを悔いてるんだ。きっと」

「だろうか。では、またひょいと現れてくれるな。おれも……五馬には逢いたい」

逢って詫びたい。おまえの抱えていた焦燥を、苦渋を、おれは少しも察せなかった。身分や貧しさに雁字搦めにされ、おまえがもがいていたことを知ろうともしなかった。

おまえたちに郷方廻りの小倅の気持ちがわかるか。食べ物にさえ事欠くような暮らしがわかるか。どんなに励んでも、かつかつの暮らしから這い上がれない者の惨めさがわかるか。わかるものか。わかってたまるものか。

今のうちだけだ。藤士郎、おれたちが並んで笑えるのも、じゃれ合えるのも今のうちだけだ。間もなく、お仕舞いになる。元服して身分が決まれば、もう一緒に歩くこともできなくなるんだ。おれはずっと、その日に怯えていた。けど、どうしようもないではないか。

五馬は叫んだ。口から言葉ではなく、血が飛び散っているような叫びだった。あの叫びが今でも、胸に食い込む。牙のように、鷲爪のように深く食い込んで離れない。

詫びてどうなるものでもない。詫びて済むことでもない。では、どうすればいいだろうか。たとえ藩政が改新されたとしても、身分は残り、貧しさも残る。貧しい下士の若者を刺客にしたてあげて闇に放つ。重臣たちの企みも酷薄も非情も根こそぎ消えるとは思えない。

「まあ、若い殿方が二人も揃うなんて、今日は何て良い日でしょう」

美鶴が、ぱちりと手を打ち鳴らした。嬉し気に笑んでいる。上機嫌な笑みだ。

「助かるわ。裏木戸の蝶番も外れかけていたの。よろしくね、慶吾どの」

「は？　裏木戸？　いや、美鶴さま、わたしは裏木戸ではなく表から参りましたが」

「はいはい、どちらからでもいいのよ。まずは二人して鶏小屋をお願いします。さぁさ、動いて動いて。あと一刻もしたら村の子どもたちが手習いにくるの。その前に、ちゃんと直しておいてくださいな。大工道具は納屋の中にありますから」

美鶴が藤士郎と慶吾を外に押し出す。

晴れていた。ところどころに雲が斑に散っている。晴れてはいるが、間もなく雨を呼ぶ空のように見えた。夢で聞いたのは、やがて地に降り注ぐ秋雨の音だったのだろうか。

慶吾が納屋から大工道具一式を担いできた。既に、刀を外し袖を絞っている。額には手拭いまで巻いていた。まるで、こうなるのを見越していたかのような格好だ。

「おまえ、随分と用意周到なのだな」

「おまえがいないときも、たまにここに顔を出していた。その度に、美鶴さまに仕事を仰せつかってたのだ。たいていは薪割りが主だったな。鶏小屋の修繕は初めてだ」

「薪割りはこの後らしい。裏木戸も直さなきゃならんし、垣根もだそうだ。姉上の人使いの荒いのは今に始まったことではないが、帰ってきたとたんこれだものな」

鶏たちを庭に放す。数がかなり増えている。堂々たる鶏冠を頭に載せた雄鶏が威嚇するように羽を広げ、「クワッ」と高く鳴いた。

「ああ、わかった、わかった。紅佐、おまえの領地を侵そうなんて思ってやしないから、そんなに昂るな。ほら、ここの戸が外れかけてるだろう。直しとかないと鼬や狐に襲われるんだ。おまえとおまえの一族を守るためだから、納得してくれ」

慶吾が雄鶏を説得している。どうやら、紅佐という名前らしい。紅佐は、首を一振りすると止まり木から降り、庭で虫を啄む雌たちの群れに近づいていった。

「やれやれ、わかってくれたか。あいつ、このごろ物分かりがよくなった。群れの長としての貫禄もついてきたしな。立派なものだ」

「慶吾、おまえ、鶏と話ができるのか。驚いたぞ」

「いやあ、紅佐はおまえが江戸に発った直ぐ後、美鶴さまが貰い受けてきたやつだ。初めはやたら喧嘩っ早いだけの乱暴者だったが、このところ落ち着いてきた。まあ、雄一羽に雌が八羽、大奥みたいなもんだからな。満足してんだろうよ」

金槌を手に慶吾は、軽やかに笑った。

「藤士郎、そっちの隙間に板を打ち付けてくれ。きっちり塞いでおかないと、鼬が潜り込む」

「慶吾」

「うん？」

「おれが留守の間、いろいろと世話になったんだな。かたじけない」

「いてっ」

慶吾が飛び上がった。手を振って地団太を踏む。その様子を紅佐が眺めていた。明らかに用心している。鉤爪が地面を掻いた。

「何やってるんだ。盆踊りの稽古か？」

「馬鹿吐かせ。おまえが急に礼など言うから面食らって、指を打っちまったんだ。痛え」

「面食らうようなことか。おまえ、度々様子を見にここまで足を運んでくれたんだろ。干した魚とか油とかを届けてくれたり、姉上の織った布を仲買まで運んで、値の談判までしてくれたんだってな。昨夜、姉上から聞いた。慶吾どのには大変な恩を受けているって。世話を掛けた。まだ恩返しはできないが、いつかは」

「止めろ」

慶吾が大きく手を振った。指の先が赤くなっている。

「とぼけたことを言うな。何が恩返しだ。そんなもの、いるか。おれは見返りが欲しくて、ここに足を運んでたんじゃない。おれが恩を与えたなんて考えてもいなかったのだ。今でも考えていない」

「け、慶吾。ちょっと待て。金槌を振り回すな。危ないだろうが」

慶吾は憤（いきどお）っていた。頬が紅潮して、目尻が吊（つ）り上がっている。

「前にも言っただろうが。父上が亡くなったとき、茂登子さまや伊吹さまに助けていただいた。恩を受けたのはおれたちの方なんだ。だから、せめて、できる限りのことはしたいって、うちのおふくろさまだって言ってる。珍しく、おふくろさまとおれと思うところが重なったんだ。滅多にあることじゃない。だから、おれは……おれにできることをやろうとして……。でも、すぐに思い知った。おれにできることなんか知れてるんだってな。何ほどのこともできないんだと。美鶴さまや茂登子さまが苦労されているのがわかっていながら……、おまえを案じて、案じて夜も眠れないとわかっていながら、お助けすることもできなくて……、力になれなくて……」

「お、おい。慶吾。また泣くのか。ちょっと、ほら、涙を拭けって」

「これ、さっき、おれが洟をかんだ手拭いではないか。いるか、そんなもの」

慶吾はぐすりと洟をすすり上げた。声音が低く掠れてくる。

「藤士郎、頼むから、礼なんて言わんでくれ。おれは、おまえとは違う。志のために命を懸けて戦うなんて、できない。情けないけどできないんだ。親を捨てきれないし、死ぬのは怖い。臆病な亀みたいに首を縮めて生きている」

「そんなことあるものか。おまえはいつだって、おれたちを支えてくれたじゃないか。父上が罪人として処せられた後も、砂川に所払いになったときもずっと支えてくれた。他の者が累を恐れて近寄ってこなくなったとき、おまえたちだけは」

「あのときは五馬がいた」

慶吾がこぶしを握る。指の付け根が白くなるほど強く、握り込む。

「五馬がいて、藤士郎のところに行こうと誘ってくれたんだ。あいつが苦しんでいるなら、せめて近くにいよう。何にもできなくていいから傍にいようって誘ってくれた。五馬がいなかったら、おれはぐじぐじ悩んでるだけだったはずだ」

　藤士郎は唾を呑み込んだ。喉の奥に染みる。

「五馬がそんなことを……言ったのか」

「言った。伊吹さまが能戸の牢屋敷に送られたときだ。おれがどうしていいかわからなくて、おろおろしてたら、五馬が訊くんだ。『今、藤士郎に逢いたくないか。顔を見たくないか。声を聞きたくないか。おれたちがいるぞって伝えたくないか』って。訊かれて、おれ、目の前がぱっと開けた気がした。見たいと答えた。聞きたいし伝えたいと。そしたら、五馬が手を引っ張ってくれたんだ。『慶吾、藤士郎のところに行こう』って五馬が……」

「そうか」

　鼻の奥が痛い。顎が震えた。涙が込み上げてくる。信じられないほど熱かった。

　あいつが苦しんでいるなら、せめて近くにいよう。何にもできなくていいから傍にいよう。

　今、藤士郎に逢いたくないか。顔を見たくないか。声を……。

　慶吾、藤士郎のところに行こう。

　五馬！

我慢できなかった。膝をつく。涙が後から後から溢れてくる。熱い。やはり、熱い。この手で止めを刺してから初めて、五馬のために号泣している。泣きたかった。ずっと大声で泣きたかった。しかし、それを自分に許しては駄目だと頑なに抑えてきた。

おれは泣いては駄目なのだ。おれは五馬を殺した。泣いて浄化されるものじゃない。涙を全部、身の内に留めて留めて一生、抱いていくのだ。

決めていたのに、涙はほとばしってしまう。濁流に似て全てを押し流す。

五馬、ほんとにもうどこにもいないのか。二度と現のおまえと逢えないのか。もう一度、稽古をつけてくれ。「まだまだ隙があるぞ、藤士郎」と笑ってくれ。河原に寝転んで空を見上げてくれ。一緒に姉上の握り飯を頬張ってくれ。でないと、おれは……。

堰き止めていた、抑えに抑えていた情動は納まることがなかった。心身が突き上げられる。揺さぶられ、捩じられる。

五馬、許してくれ。おれを許してくれ。おまえはいつだって手を差し伸べてくれたのに、おれは何もできなかった。おまえを殺してしまった。五馬、五馬、おれは……どうしたらいい。どうしたら、おまえに償える。

「あいつは自害した」

慶吾がぼそりと呟いた。陰りのある物言いは、大人のものだった。

「柘植が言っただろう。おまえの刃を避けるつもりなら避けられたって。おれもそう思う。五馬なら、おまえの切っ先を躱すぐらい何でもないことだ」

「えらい言われ方……だな」

「事実だ。躱せたけれど躱さなかった。あれは自害だ。五馬はもう耐えられなかったんだ。刺客として生きることにも、おれたちを裏切り続けることにも耐えられなかった。だから、死を選んだんだ。おまえは五馬を楽にしてやったんだよ。あいつ……ほっとした顔してた。血だらけだったけど、安堵したいい顔だった。よかったと笑ってるみたいで……。だから、藤士郎、もういいではないか。もう、いいんだよ。ほら」

慶吾が手拭いを差し出してくれる。

そうかと思った。慶吾はずっと、これを伝えたかったのだ。もういいから、泣いても構わないからと伝えたかったのだ。そして、今、伝えてくれた。

「慶吾」

「何だ。おれは修繕にかかるぞ。ぐずぐずしていたら美鶴さまに叱られる」

「この手拭い、おまえが洟を拭いたやつじゃないか」

「そうだけど。それがどうした？　おれの洟だ。綺麗なもんさ」

慶吾は澄まし顔で言い捨てると、釘を打ち付け始めた。とんとんと軽やかな音が響く。

「墓参りに行くか」

金槌を使いながらも慶吾が言う。花見に誘うような何気ない言い方だった。

墓参り。むろん、五馬のだ。

「藤士郎が行けばあいつも喜ぶ。おれはときどき参るのだが、おれだけだとどうも物足らないみたいなんだよなあ」

「五馬がそう言ったのか」

「言わんさ。あいつはそういうことをずけずけと言う性質じゃない。けど、わかるんだ。藤士郎に来てほしいんだろうなあって。待ってるんだろうなって」

頰に擦り傷でもあったのか涙が染みて、心持ち痛い。ばりばりに強張ってもいる。泣いて、それで、何もかもを洗い流せたわけではない。けれど、やっと認めることはできたかもしれない。この現を、だ。五馬はもういないという現。この手で、友に止めを刺したという現を確かに受け止め、そこから一歩を進める。それしかない。

こいつのおかげだな。

金槌を使う慶吾を見やる。礼を口にしたら、また、あの槌を振り回すかもしれない。だから胸の内でそっと告げる。

おまえのおかげだ。恩に着るぞ、慶吾。

「うん？　何か言ったか」

「いや、別に。ここを塞げばいいんだな」

「そうだ。さっさと働けよ。けど丁寧（ていねい）にな。手抜きしたら紅佐が黙っちゃいないんだから」

慶吾の言葉に促されるように、紅佐が寄ってきて、ココッと鳴いた。差配人のような眼つきをしている。確かに気に食わないと、嘴（くちばし）でつつかれそうだ。

「で、どうする。行くか？」

「うむ。行く。大鳥家の墓は霊山寺（れいざんじ）にあるのだったよな」

霊山寺は城下の東外れにあり、五十石以下の下士、軽輩の墓が集まっている。斗十郎が埋葬された明龍寺（みょうりゅうじ）とは半里ほど離れているだけだ。明龍寺は罪人、遊女、行き倒れなど表立った葬儀を許されない者たちの墓場だった。斗十郎だけでなく、政争に敗れ能戸の牢屋敷で果てた重臣たちの墓も多くあると聞いた。ただ、墓に銘（めい）は刻めず、文字のない墓石が並ぶのみだった。南側には藩主の菩提寺（ぼだいじ）があり、重臣たちのための豪壮な寺がある。

　死んでも人は身分や運命からは解き放たれない。

　暗に告げているようだ。

「おれ、五馬に報せたいことがあるんだ。あ、おまえにもな」

　釘を打ち終えて、慶吾が戸の開き具合を確かめる。足元ではまだ羽根の生えそろわない若鶏が二羽、さかんに地面を啄んでいた。

「おれな、来月、元服をする」

　前髪を軽く触って、慶吾は照れた笑いを浮かべた。

「ここを剃ってしまうんだ。名も父上の克之介をいただくことになる」

「風見克之介か。何だか、見知らぬ者のようだな」

　一瞬だが慶吾が遠く感じられた。吹いてくる風が冷たい。強張った頬を撫でて通り過ぎる。

「それで、出仕は叶うのか」

「うむ。今のところ、普請組に入れられるようだ。おふくろさまは父上と同じ勘定方への出仕を願っていたけどな、そう上手くはいかんさ。禄高も今のまま、だ。もとの二百石に戻るように励め励めとおふくろさまはやたら尻を叩くが、今の藩の財政を鑑みれば無理だろう」

「出仕が叶っただけでもたいしたものではないか。よかったな、慶吾。めでたいぞ」

慶吾が肩と口を窄めた。黒目がちらりと藤士郎を窺う。

「ほんとに、そう思うか」

「え？　めでたいではないか。おまえの出仕はおふくろさまの念願だった。喜ばれただろう」

慶吾の母、幾世のよく肥えた丸顔が浮かぶ。息子には厳しく、かなりの鬼母ではあるが、人の根は純で清々しい女人だった。砂川に領内所払いになったとき幾世と五馬の母きちが駆けつけてくれた。弁当を提げ、荒れた家の掃除や修繕の手助けにきてくれたのだ。斗十郎が健在だったころ、毎日のように顔を見せていた藩士たちは誰一人として落ちていく伊吹家の者に関わろうとしなかったから、女人の心意気が眩しくさえ感じられた。よく覚えている。息子の出仕は幾世の悲願だった。夫が不意の病で亡くなった後、それだけを頼りとも拠り所ともして生きてきたと言っていいだろう。母の想いが慶吾にとって相当の重荷だったことは容易に察せられる。慶吾はしょっちゅう泣き言や愚痴や文句を口にしていた。

「おふくろさまは半泣きささ。ついにこの日が来たって、父上の位牌の前で毎日のように泣いている。今は元服の段取りであちこち走り回ってはいるがな。おかげで、一貫ばかり痩せたようだ」

「それは重畳。親孝行をしたな、慶吾」

「ああ、親孝行はできたと思う。けど、本当にめでたいのかな」

「出仕が叶ったことがか？　おまえ、何に引っ掛かってるんだ。さっきから妙に暗いではないか。素直に喜べない何かがあるのか」

慶吾が息を吐いた。重くて長い。やはり、大人のため息だった。

「出仕が叶い、城に上がる。やっと一人前になれると、おれも初めは嬉しかった。初めはな。でも」

「でも？」

慶吾の口が歪む。戯れのように金槌で鶏小屋を打つ。紅佐が威嚇の声を上げた。

「なあ、藤士郎。五馬を刺客にしてしまったのは誰だ。五馬の剣の腕を人を屠ることに使わせたのは誰だ。津雲なのか。本当にそうなのか」

「おそらくな。けど、家老が直に五馬に暗殺を命じたわけではあるまい」

「だろうな。執政からすれば五馬は……おれもおまえもだが、末の末にいるただの捨て駒に過ぎない。生きようが死のうが、上の方々の耳にも届くまい」

そうかもしれない。いや、確かにその通りだ。五馬がどう生きてどんな死に様をしたか、筆頭家老津雲弥兵衛門が摑(つか)んでいるとは思えない。大鳥五馬という少年がいたことさえ知らないだろう。津雲の意を受けた者のさらに下の者が、五馬を刺客に仕立て上げた。

「おれは五馬ほど剣を使えるわけではないし、おまえほど知力に優れているわけでもない。胆力もない。そうそう使い道があるとは考えられん」

「おい、慶吾。そこまで卑屈にならずともよかろう。おまえには、おまえだけの美点がたっぷり具(そな)わっているではないか」

「慰(なぐさ)めてくれなくていい。おれは事実を正直に語っているだけだ」

　慰めなどではない。慶吾には慶吾にしかない力がある。慶吾といるといつの間にか気持ちが和(なご)む。つい笑ってしまう。慶吾に笑わせてもらって、余計な力みが抜けた覚えが幾つもあった。五馬にも藤士郎にもできないことを、慶吾は軽やかに成(な)し遂(と)げてしまう。

　剣や学問と違い、はっきりと形には現れないけれど人として優れた質だと思う。

「そんなおれだから、誰かに利用されるなんてないかもしれない。けど、怖いんだ。いいように扱われて……使い道がないから虫けらみたいに扱われるんじゃないかと……怖い。城中って何だか人でなく鬼が住んでいる、そんな気がしてたまらん。そんなところに、出向いていかなきゃならないのかと、怯んでしまうのだ」

魑魅魍魎が跋扈し、百鬼夜行する。

左京もよく似たことを言った。左京は政の裏を見続けてきたうえで、慶吾は五馬の死を通して、それぞれに禍々(まがまが)しい気配を感じ取った。

「すまん。また、弱音を吐いてしまった。我ながら情けない」

慶吾が目を伏せる。

「けど、こんな弱音、おまえより他に言えないしな。黙っているとどんどん重くなって、くずおれそうになるんだ。荷車に轢(ひ)かれた蛙(かえる)みたいにぺしゃんこになる。そんな気がしてな」

「慶吾、逃げるんだ」

「うん?」

「少しでも剣呑な気配を感じたら、逃げろ。役目とか家とかに縛られずに逃げ出せ」

「そんなことできるもんか」

「できる。魑魅魍魎の世には武士の面目(めんぼく)も本分もない。そんなところから逃げ出すのを恥じることはないぞ。ともかく、全てを捨てて逃げてこい。おふくろさま共々だ」

全てを捨てて逃げる。慶吾は藤士郎を見詰め、何度も呟いた。

全てを捨てて逃げる。全てを捨てて逃げる。全てを捨てて逃げる。


「うん、わかった。そうするぞ、藤士郎」

口元が綻ぶ。眼の中に明かりが差した。頬に血色が戻る。慶吾らしい屈託のない笑みが浮かぶ。その笑顔のまま、慶吾は大きく伸びをした。

「あーっ、何だかすっきりした。今まで思い悩んでいたのが晴れたみたいだ。よしっ、ばりばり働くぞ。おれは薪割りをするから、おまえは木戸を直せ」

両手を空に突き上げる仕草をどう取り違えたのか、紅佐が羽ばたきをした。地を蹴って、慶吾に襲い掛かる。

「うわっ、ちょっと待て。紅佐、違う、違うって。おまえに喧嘩を売るつもりはないのだ。痛っ。痛いって、止めろ。鍋にして食ってしまうぞ」

「まあまあ、いったい何をしているの。慶吾さんは」

庭に出てきた美鶴が目を見張った。

「紅佐と鬼ごっこだなんて。ほんと、いつまでも子どもなのねえ」

「鬼ごっこなんかしていませんて。藤士郎、早く、こいつを小屋に入れてくれ。痛っ、ほんとに痛い」

「そうは言われても、鶏の扱い方なんてまるでわからん。どうしたらいいんだ」

「紅佐！」

美鶴の一声が響いた。とたん、紅佐の動きが止まる。

「小屋に入りなさい。早く。聞こえた？　小屋に入れと命じているのですよ」

美鶴が修繕したばかりの小屋を指差す。紅佐は鶏冠を揺らしながら、速足でそこに入っていった。雌鶏(めんどり)たちも若鶏も後に続く。

「はい、お仕舞い」

小屋の戸を閉じて、美鶴が軽く手を打った。

「わたしは母上さまの手伝いに、畑に行ってきます。昼はお芋を蒸(ふ)かしていただきましょう。それまでに、二人ともちゃんと仕事を終わらせておいてくださいね」

「すげえ」

遠ざかる美鶴の後ろ姿に慶吾が息を吐き出した。

「おれたち束(たば)になってかかっても美鶴さまには敵(かな)わないな、藤士郎」

「うむ。姉上だけは何があっても敵に回したくない。一瞬で、やられてしまうな」

姉は見事な人だ。いつも、堂々と生きている。決して尋常とは言えない運命も平穏とは程遠いこれまでの人生も、呑み込んで変わらずにいる。いや、変わっていく。運命が人生が過酷であればあるほど、美鶴は強くなり、したたかになり、しぶとくなり、力を蓄（たくわ）える。たいしたものだと感嘆するしかない。

左京はどうなのだろう。

藤間宿で別れたきりの男に心が流れた。

双子として同じ日に同じ母から生まれた姉に、左京はどんな想いを抱いているのだろう。伊吹の家の中で気にかかるのは美鶴一人だと、左京は言い切った。

でも、もういいのです。あの方があなたたちといて十分に幸せだと確かめられました。そうも言った。今、ここに左京がいたなら、問うてみたい。

あの言葉は本心からのものなのか、と。

柘植、ほんとうにもういいのか。このまま、姉上に逢わずにいて平気なのか。おまえはおれのために天羽を出て、江戸で暮らし、また天羽に戻ってきた。そう、おれのためだ。わかっている。けれど、少しはあっただろう。姉上にもう一度逢いたいという想いがあっただろう。もういいわけがないよな。このままでいいわけがない。

「このままというわけには、いかないよなあ」

慶吾がまた短く息を吐いた。

「このまま、いや、刻をもう少しだけ遡(さかのぼ)って、五馬が生きていたころ……。三人で道場に通って、学問所に通って、美鶴さまに握り飯を作っていただいて、笑ったりふざけたりしていたころ、あのころに戻って、そこに留まれないかな」

「慶吾」

「あはっ、わかってるって。そんなことできっこない。けど、おれ、このごろ、たまらなく懐かしくなるんだ。戻りたいって思ったら、泣きたくなるほど懐かしくてな」

「うん。そうだな。懐かしいな。けど戻れない。おれたちは前に進むしかないんだ」

前にしか進めない。人の刻を巻き戻すことは誰にもできないのだ。死者はいつまでも留まる。けれど生者は移ろうしかない。

「……もう戻れないか」

慶吾が天を見上げた。藤士郎も倣(なら)う。空はいつの間にか薄曇りになっていた。風に乗って雲が集まり、徐々に色を濃くしているようでもある。

「こりゃあ、一雨、来るな」

慶吾が両手を打ち鳴らす。さっきの美鶴の真似らしい。

「降られないうちに薪割りを済ませておこう。藤士郎、木戸の修繕は任せたぞ」

ひらりと手を振ると、慶吾は裏庭へと向かった。

湿り気を帯びた風が吹き降りてくる。水の匂いがした。雨が確かに来る証だ。能戸のあたりでは既に降り始めているかもしれない。

迎えに行くか。

柘植を迎えに行く。姉上が逢いたがっている、一度、顔を見せてくれと頭を下げる。どうだろうか？　柘植は頷いてくれるだろうか。それとも、どこまでもお節介な人だと、嘲笑（あざわら）うだろうか。

でもな、柘植。

集まり、ぶつかり、さらに濃く変わっていく雲を見上げる。ここにはいない男に語り掛ける。

生きている者は繋（つな）がらねばならぬと思わないか。生きているからこそ繋がれると思わないか。死ぬとは繋がりのことごとくを断ち切られることだ。おれもおまえも生きている。だから、手を伸ばしたいのだ。繋がっていたい。

ぽつり。顔に水滴が当たった。頰を伝い流れていく。雨が降り始める。鶏小屋の中で雌鶏たちが、不安げに身を寄せ合った。

柘植。

呼ばれた気がした。左京は手を止め、辺りを見回す。

誰もいなかった。当たり前だ。誰かがいるわけがない。この牢屋敷に住むのは自分一人だ。たまに訪れるのは罪人か、罪人の汚名を着せられた者だけではないか。

「左京、おまえは柘植の家に生まれた。その定めを背負わねばならん」

祖父から言い渡されていた。柘植の家の定めとは、つまり、送られてくる罪人たちの世話をし、最期を看取(みと)る。あるいは、刑の執行のために手を下す。あるいは、遁走(とんそう)を企てた者、抗い続ける者の始末を引き受ける。その方便を祖父は年月をかけて、丁寧に左京に教え込んだ。左京が一人前以上の働きができると見極めた後、静かに息を引き取った。生まれたときから父はおらず、母も祖母もすでに彼岸に渡っていたから、左京は独りになった。

自分の父が伊吹家の当主であること、伊吹家に引き取られた双子の姉がいることは、告げられていた。父を恋しいとは微塵(みじん)も感じなかったが、姉には逢いたかった。血を分けたたった一人の女だ。

一度だけ、山を下り、伊吹家に忍び込んだことがある。美鶴という名の姉がどんな人なのか、この眼で確かめたくなったのだ。自分に姉がいることを身をもって感じたかった。忍び込むことはさほど難儀ではなかった。身の軽さにも気配を消す術(すべ)にも自信があった。丁度、今のころ、秋が盛りをすぎようとする季節だったと思う。

広い庭の植え込みの陰に隠れて間もなく、廊下に振袖の娘が出てきた。ああ、この人だと思った。僅かだが、心が昂った。

娘は美しく、生き生きと輝いていた。笑う声がよく響き、それもまた美しかった。顔立ちが母に似ている。病気がちで、床に就いていることが多かった母は声を出して笑うことなど滅多になかったが。

もっとよく見ようと腰を上げたとき、娘が立ち止まりこちらに顔を向けた。視線が絡んだ気がした。気息を整え、身を縮めたすぐ後、少年が廊下を走ってきた。心持ち、右足を引きずっているようだ。痛めてでもいるのだろうか。

「姉上、姉上」

「あら、藤士郎。何ごとですか」

「母上がお呼びですよ。すぐに、お部屋に来るようにとの仰せです」

娘の眉が寄る。どことなくあどけなさが漂(ただよ)う顔に、不釣り合いな皺ができた。

「あら、嫌だわ。きっとお琴のおさらいをさせられるの。藤士郎、姉上はいませんでしたと母上さまに申し上げて」

「えー、嫌です。それでは、わたしが嘘つきになるではありませぬか」

「なってもいいでしょ、姉のためですもの」

「嫌です。嘘をつくなど、武士の子として許されません」

「まあ、小癪（こしゃく）なこと言って。いいわ、じゃあ、あなたが仏壇の落雁（らくがん）をつまみ食いしたこと、母上さまに申し上げようっと」

「えっ、えっ。ま、待ってください、姉上。それは三日も前の話ではありませんか」

「三日前でも一年前でも、つまみ食いはつまみ食いよ。ふふっ、言いつけてしまおうかな」

「姉上、待ってくださいったら。姉上」

「そんなに慌てなくてもいいわよ。嘘です。言いつけたりしないから、安心なさい」

笑い声だけを残し、二人は左京の視界から消えた。

なんだ、弟がいるではないか。

いかにも気の合った、仲の良い姉弟だった。そして、娘は幸せそうだった。

ならば、もういい。

左京は誰にも見咎（みとが）められず伊吹の屋敷を出た。母は死ぬ間際まで、嬰児（えいじ）の折に引き離された娘のことを気に掛けていた。

あの娘（こ）は幸せでいるのでしょうか。あの娘を美鶴と名付けたのはわたしなのよ。鶴は幸せの鳥だから。ねえ、左京、美鶴は幸せでいるのかしらね。

まだ幼い左京の手を取って、繰り返し繰り返し問うてきた。

美鶴は幸せでいるのかしらね。

あのときは幼過ぎて母のせつない問いかけに答えられなかった。けれど、初めて目にした美鶴は幸せそのもののようだった。生気に満ちて、楽し気だった。光の下で生きていくことを約束された者の明るさがあった。

母上、ご心配には及びません。姉上は、幸せにお暮らしでした。

能戸に帰り、母の墓に告げる。墓前に供えた白菊が風に揺れていた。

あのままだったら、藤士郎と出逢うことは二度となかっただろう。自分とはまったく別の世界に住む者、伊吹家の嫡男として生きていく者と柘植の生き残り、その道が交わるはずもなかったのだ。

道は交わった。交わり、絡まり合った。

左京は振り払いたかった。美鶴も含め、伊吹の家とは関わりたくなかった。しかし、振り払っても振り払っても、絡んでくる。気が付けば、砂川の家で共に暮らしていた。むろん、美鶴のことが気になったからだ。上士の娘ではなく、罪人の子となった美鶴がどうしているか気になってしかたなかった。人はいずれ別れるもの。しょせん、独りで生きるもの。骨の髄まで染み込んだ祖父の教えであったのに、引きずられた。放っておくことができなかった。美鶴が母の面差しを受け継いでいたからだろうか。自分の心のどこかに、独りを忌む情が芽生えていたからだろうか。

よく、わからない。自分の甘さにときに歯噛みし、ときに自嘲しながら、左京は伊吹の人々と暮らし始めたのだ。美鶴の行く末をある程度確かめられたら、消えるつもりだった。自分の居場所は自分で決める。伊吹家に居つくつもりは、さらさらなかった。

あんなに厄介な相手だとは思わなかった。まったく、厄介だ。

藤士郎のことを思うたびに、〝厄介〟の二文字しか浮かばない。

世間知らず。井の中の蛙。真綿で包まれて育った者。そうとしか思えなかったし、実際、そうだった。他人を疑うことも、憎むことも、怨むこともしない。信じ、懸命に応えようとする。志をもって励めば、この世を変えられると本気で口にする。

阿呆だと思う。どうしようもない、愚か者だ。

左京は見てきたのだ。能戸の牢屋敷で果てていった多くの者を、その最期を見届けてきた。この手で引導を渡したこともある。抗う男の背を断ち割ったこともある。介錯もした。一度や二度ではない。何十人という男たちを葬ってきた。その者たちが何を遺した？

世を変える志か？　信念か？

馬鹿馬鹿しい。そんなもの、一つもありはしなかった。渦巻いていたのは、怨嗟と無念の声だけだったではないか。

風が出てきた。左京は、燭台に火をつけた。上等の蠟燭は明るい。磨き込まれた板間を照らし出す。城内で何が起こるか、定かには摑めない。が、何ごとかがあるたびに、政変が起きるたびに、ここに罪人が送られてくる。公の切腹さえ許されなかった武士たちだ。闇に消えねばならぬ者たちだ。

そういう者たちにとって、この屋敷はどこより残酷で非情な場所となる。

風音を聞きながら、左京はあの夜を思い出した。藤士郎が初めてここに来た夜を。

第二章　光と影の狭間(はざま)

奇妙な空だった。

紅色(べにいろ)に焼けているのに、雨を降らせていた。しかも、激しく地を叩(たた)く雨を、だ。

濃い紅(くれない)の空は仄(ほの)かに暗みを孕(はら)み、容易に人の血色を思い起こさせた。その空が黒く翳(かげ)り、闇が能戸の山を覆(おお)い始めたころ、藤士郎はこの屋敷に辿(たど)り着いた。

妙な男だ。

泥に塗(まみ)れた藤士郎の脚を洗いながら、左京は胸の内で独り言(ご)ちていた。

慣れぬ山道を歩き、疲れ果て、これから死を迎える父親に対面しようというのに、真顔で「おまえは天狗(てんぐ)か」などと尋ねてくる。

こやつは事の軽重が量れぬのかと、呆(あき)れた。呆れはしたが嗤(わら)う気にはなれなかった。どうしてだか、わからない。

藤士郎は世間知らずではあったが、無知ゆえの傲岸(ごうがん)さは微塵(みじん)も具(そな)えていなかった。

真綿に包まれて育った者の美点を悪目より多く持っていた。一途で、本気で、どんな相手にもどんな事柄にも真正面からぶつかっていく。それを愚かだと思いはする。この男は、人が生きていくための術もコツも何一つ教わらずに育った愚か者だ。三言、四言やり取りしただけでわかった。愚か者は生き残れない。真綿にはいつだって針どころか刃が仕込まれ、夜の闇には敵が潜む。それが世間というものだ。真正面からぶつかっていては命が幾つあっても足らない。

死ぬな。

この男は存外早く死ぬ。滅びるだろうと左京は見込んだ。こんな甘っちょろい者が生き残れるのは、屋敷の中だけだ。守ってくれる誰か、盾になってくれる誰かがいる限られた場所でしか生きてはいけない。藤士郎はそれを失った。生きるための方便も知らぬまま、外の世界に放り出された。生き延びられるわけがない。

信じて疑わなかった。自分の目に狂いがあるとは思いもしなかった。しかし、藤士郎はしぶとかった。死にも滅びもしなかった。砂川村での暮らしにも、天羽から江戸までの旅にも、江戸での日々にも何を損なわれることもなく生き長らえた。生き長らえて、少し逞しくなり、世渡りの知恵さえ身につけた。そのくせ、一途な愚かさはそのままだ。

おれは、見誤っていたわけか。

伊吹藤士郎という男を見誤っていた。一度、見誤ってしまえば先が読めなくなる。藤士郎がこの先、どう生きるのか、どんな終わりを迎えるのか見通せないのだ。こちらの思案をひらりと超えてしまうようだ。

左京が天羽から江戸まで藤士郎に同行したのは、美鶴のためだ。そこに嘘はない。美鶴のために藤士郎を守りたかったし、藤士郎が絶命したとすればその事実を美鶴に伝えねばならないと思っていた。伝えねば、美鶴は帰らぬ弟を待ち続ける。大切な相手を失うことより、決して帰らぬ者をいつか帰ると信じて待つ方が惨い。そう信じていた。だから、藤士郎の最期を告げる使者になる。そんな心づもりがあったのだ。

けれど、江戸から天羽への道中は些か違っていた。口封じのため藤士郎が抹殺される危懼を同行の事由にはしたけれど、そんな見込みはほとんどないだろう。今更、藤士郎や自分の口を封じる要はないはずだ。ならば、江戸に残ればよかった。天羽での全てを捨てて、江戸という巨の場所で生き直せばよかった。そのつもりで、江戸に出てきたのではなかったのか。

「そう、やはり、帰っちまうんだね」

小さな仕舞屋で共に暮らしていた女は、左京の背中に身体をもたせかけて呟いた。三味線と長唄の名人だと評判の女は、心持ち掠れた暗く深い声をしていた。深川随一と称され、芸だけで客を虜にすると世に聞こえた芸者でもあった。名を京という。長襦袢一枚の身体からは女の熱と乳房の重さが伝わってきた。

「なんだよ、謝りもしないのかい」

お京は前に回り、両手を左京の頬に添えた。柔らかく温かい手のひらだ。

「あんた、別れ話を切り出したんだよ。なのに、一言の詫びも言わないつもりかい」

「詫びて済む話ではあるまい」

お京が瞬きする。薄紅色の唇が僅かに歪んだ。頬に添えられた手が離れる。それを捉え、引き寄せると女は左京の胸に倒れ込んできた。肌の火照りが熱いほどだった。

詫びて済む話ではない。済ませてはならないと思う。

「世話になった。受けた恩を返せぬままだ。だから……」

「だから？」

「忘れぬ。そなたが授けてくれた恩を一生、忘れぬ」

火照りがすっと遠のいた。ほとんど同時に頬が鳴った。避けるつもりならむろん避けられた。そのつもりにならなかっただけだ。

「ふざけんじゃないよ」

お京は眼差しを尖らせ、左京を睨んできた。こういう眼つきが妙に婀娜っぽくはあるが、女が本気で怒っている証でもある。

「何が恩だよ。あたしはね、あんたに恩を売った覚えも施したつもりもないよ。へっ、笑わすんじゃないよ。あんた、あたしのことを恩人だと思ってたのかい。恩を返さなきゃって思ってたのかい。どこまでふざけたら気が済むんだよ」

一息にまくしたて、お京はさらに続けた。

「あたしはね、あんたと一緒にいたかったからそうしたまでさ。恩じゃない。縁があったと思ってる。短い間だったけど縁があったんだよ。それでいいじゃないか。あたしは恩絡みで覚えておいてもらいたいなんて蚤の頭ほども望んじゃいないよ。縁があって一緒に暮らせた。縁が切れたらそれまででいいんだよ。きれいさっぱり忘れちまえばいいのさ」

「いや」

左京はかぶりを振り、もう一度お京を引き寄せた。お京は抗わなかった。火照りを増した身体は柔らかく、確かな肉の重さがある。

「忘れはせん。忘れられぬ」

恩があるからではない。江戸で出逢い、日々を共にした女は左京に知らぬ世を見せてくれた。一人の女が己の技量と才覚だけを糧に、生きていく世だ。

母は儚い人だった。

少なくとも左京には、儚い思い出しかない。お京は違った。しっかりした輪郭を持ち、淡々と消えたりはしない。己を恃み、生に挑む。堂々と強い女だ。

姉は？　美鶴はどうだろう。お京のように骨太ではない。細いけれどその分しなやかな心を自分のものとしている。そんな気がする。母とも姉とも違う女を知ることができた。この上ない一日一日をお京は与えてくれたのだ。

「嘘だよ」

お京が腕の中で身動ぎした。

「ほんとは忘れてなんかほしくない。もっとずっと一緒にいたいんだ。でも、あんた決めたんだろう。生国に帰るって」

「そうだ」

「だとしたら止めても、縋っても無駄だよね。あんた一徹者だから、一度決めたらなにがあったって決めた通りにする。わかってるよ」

「一徹者？　おれが？」

「そうだよ。何だ、気付いてなかったのかい」

顔を上げ、お京がくすりと笑った。

「あんたは一徹で、意外に融通が利かないんだ。自分の信じた通りに生きようとする。だから……だから、こんな別れ方になっちまうんじゃないか」

ちきしょうと、お京は呟いた。

「他に女ができたってなら、未練なんてわかなかったのに。きれいさっぱり別れられたのに」

一徹で、融通が利かない。自分の信じた通りに生きようとする。

何だそれは？　それでは、まるであいつにそっくりではないか。おれとは正反対の……。

お京が長襦袢の腰ひもを解いた。紅梅色の襦袢が滑り落ちる。天羽の女より浅黒いけれど艶めいた肩が露わになる。

女の髪が匂って、肌が香った。香る肌は湿り気を帯びて左京の手のひらに吸い付いてくる。軒を叩く雨音が響く夜だった。

あの女に背を向けてまで、なぜ藤士郎と天羽に帰ってきたのか。帰国の途中で藤士郎が葬られるとは考え難い。よしんば、何事が起こっても今の藤士郎なら切り抜ける。切り抜けられるだけの地力を身につけているだろう。そのあたりは信用していた。にもかかわらず、左京はお京ではなく藤士郎を選んだ。天羽が恋しかったわけでも、藤士郎の危地を感じたわけでもない。美鶴に引きずられたのでもなかった。

ただ、見たかったのだ。

伊吹藤士郎の行く末を確かめたかった。どこから聞くのでも噂として知るのでもなく、我が眼で我が耳で捉えたかった。兄弟であると思ったことも感じたこともない。それは藤士郎だとて同じだろう。血の繋がりなど何の役にもたたない。意味もない。けれど、相手に対する興は人を動かす原由になる。

左京は藤士郎に興を覚えたのだ。何も知らぬ、できぬ若さまのくせにしぶとく生き延び、逞しくなり、したたかささえ手に入れた。なのに、芯のところは変わっていない。一途さも、愚かさも何一つ欠けていないし、損なわれていない。

不思議な気がしてならない。ときに左京は、自分が奇怪な生き物を見るように藤士郎を見ていると気付く。別に鏡を覗いたわけではないが、そういう眼つきをしているなと感じるのだ。はるか昔、双頭の蛇を見たことがある。まだ、母も祖母も祖父も生きていたころだ。屋敷の庭で遊んでいて、藪から出てきたものを目にした。驚いた。気味悪かった。とっさに腰の鞘巻を抜いて殺そうとして、近くにいた祖父に止められた。

「異形の生き物は、神の使いだ。我らを加護してくれる。殺生はせぬがよい」

一息ついて、祖父は続けた。

「刀で斬るのは人だけで、よい」

祖父の顔を見上げている間に、蛇はまた藪に隠れ二度と目にすることはなかった。

藤士郎とあの蛇が重なる。

異形の生き物は神の使い。我らを加護してくれる。

本当だろうか。信じる気にはなれない。双頭の蛇が左京の何を守ってくれたのか。よくわからない。藤士郎は人であって神の使いではない。足を引っ張ることはあっても守り役にも手助けにもならないだろう。そこのところは、わかっている。

左京は軽く、かぶりを振った。自分に言い訳を連ねても詮無い。

要するに藤士郎はおもしろいのだ。定石通りには生きぬ男の行く末を見たいと、自分は望んでいるのだ。伊吹斗十郎があゝいう形で果てなくとも、伊吹家が五百石の上士のままであったとしても、藤士郎は後嗣としてのあるべき生き方を歩まなかった……気がする。気がするだけだ。何の拠り所もない思案に過ぎない。

だからどうした。あいつがどんな生き方を選んでも選ばなくても、おれには一分の関わりもない。ないではないか。

左京は目を閉じ、耳を澄ませた。

能戸の山々は静かだ。この屋敷から漏れる怨嗟の声も悲鳴も叫喚も、あらゆる声も音も吸い込んで静まり返っている。

母はこの静かさに怯えていた。静寂の底に溜まり、淀んでいるのは罪人たちの怨念だと感じ、怖がっていた。病みが進んでからは、風の音、小さな獣の足音や鹿の啼声にさえ耳を塞いで震えるようになり、ときに幼い左京に縋って泣くことさえあった。母はおそらく、生きていくことそのものを恐れていたのだ。だから、死に顔は穏やかで、美しかったのだ。生きていたどのときよりも穏やかで美しかったのだ。

梟が鳴いた。

沢の向こう岸あたりだ。

左京は立ち上がり、蠟燭を吹き消した。梟ではない。熊でも狼でもない。人の気配がする。誰かが近づいてくる。

静寂の底にも闇の奥にも、何もいない。魔も邪も化け物も潜んでいない。静寂は風音に掻き消されるし、闇は一条の光に拭い去られる。脆いものだ。人が一番、怖い。厄介なのも剣呑なのも邪悪なのも人だ。

今、明らかに人の足音を聞いた。牢屋敷へと続く道を降りてくる。今夜、ここに誰かが訪ねてくる報せはなかった。むろん、罪人が送られてくるはずもなかった。罪人の身柄が送られてくる場合、まずは使者が差し向けられる。罪人をどう扱うかについての指示がある。どう扱うかとは、つまり、どういう最期を整えるかという意だ。切腹がもっとも多かったが、中には斬首も、罪人自らが切腹を拒み毒薬を所望することも稀にだがあった。どれにしても使者は必ず罪人押送の二日前にやってくる。一揃いの死装束と酒と米、味噌、ときには罪人の愛用品と思しき笛、鼓、扇などを携えてくるのだ。死ぬ前の一時、心行くまで酒を味わい、笛を吹き鼓を打ち舞えというわけか。それを許すことが温情だと考えているのなら、城に巣くう輩は、よほどおめでたいかどうしようもない郷愿かだ。

左京が能戸に帰ってきたことは、むろん、城側は知っている。だからといって早急に使者を寄越したりはしないだろう。もう少し後だ。藩主らが推し進めようとしている政の改新がうまくいけば、いや、しくじったとしてもかなりの数の執政たちが罪人として運ばれてくるはずだ。一月先か、一年後か。今はまだ、そのときではない。

だとしたら……。

明かりのない一室は暗く、ほとんど漆黒に近い。その中で、左京は端座したまま耳を澄ませる。近づく者の気配や物音を感じ取る力は人並外れている。滅多に表情を崩さなかった祖父が、孫の才質に驚嘆の色を浮かべたほどだ。ただし、祖父は喜びも言祝ぎもしなかった。むしろ、眉を顰め、眸を翳らせた。

「生き抜くための才覚を天から授けられたか。つまり、それだけの才覚がなければ生き延びられぬと天は言うておるのだ」

さて、それはどうかな、祖父さま。

暗闇の中で久しぶりに祖父の言を思い出し、左京は薄く笑った。

生き延びるための才覚は、天から与えられるものではなく自分で手に入れるものだ。見る、聞く、嗅ぐ、味わう、感じる。左京なりに研ぎ澄ませてきた。剣の腕も、人の心内を探る技も。

足音が聞こえなくなった。代わりのように、尖った気配が押し寄せてくる。

些か面倒なことになりそうだ。

剣を手に左京は立ち上がった。我知らず舌打ちしていた。

帰ってきて早々に、これだ。

天羽は江戸よりよほど騒々しい。うんざりする。人はこの山々のように静寂を保てないものなのか。また一つ、今度はわざと音高く舌打ちしてみる。そのまま足袋裸足で外に出る。

ざわり。

屋敷を囲む木々の枝がざわめいた。人ではなく風の仕業だ。能戸の沢は麓より一足早く冬を迎える。あと一月もしない間に凍て風が吹き始めるだろう。その風が麓の村々まで降りていくころ、藺草の植え付けが始まる。凍て風は田に張った水を薄く凍らせ、人々はその薄氷を割って苗を植えていくのだ。今年はその中に美鶴が、藤士郎が交ざっているかもしれない。

闇が黒い影を吐き出した。刃が鍬形に似て、影の額あたりで鈍く光る。左京は身体を回し、一撃を避けた。避けながら鞘を払い、刀背を首筋に打ち込む。声もたてず、影は地に転がった。耳元で風が唸る。背後の雑木に小柄が刺さった。次の一本を叩き落とす。落とさねば間違いなく右眼に突き刺さっていた。なかなかの腕前のようだ。しかし、動きはそう速くない。落ちた小柄を拾い、投げ返す。ひしゃげた悲鳴が響いた。

小柄でも礫でも槍でも、投げることは投げた者の居場所を知らせる動きとなる。攻撃する者から襲われる者へ、寸の間に入れ替わる。それが戦いだ。

左京は足を引き、壁を背にする。

「なるほど、噂通りの見事な腕だな。柘植左京」

声とともにふわりと明かりが灯った。提灯を手に男が一人、立っていた。

「これ以上やられると、手下が使い物にならなくなる。引き上げさせてもらおうか」

「随分と勝手な言い草だな」

刀を鞘に納め、左京は鼻先で嗤ってみせた。

「何の挨拶もなく人の屋敷内に踏み込み、襲ってきたのはそちらではないか」

「仕方あるまい。これも役目だ」

「役目？　夜盗紛いの所業が役目になるとはな。驚きだ」

皮肉をぶつけてみたけれど、男は眉一つ動かさなかった。

中肉中背。ひょろりと背が高いわけでも、それとわかるほど逞しい体躯をしているわけでもない。提灯に照らされた顔つきもいたって凡庸で、これといって目立つ風貌ではなかった。これなら、容易く人に紛れ、人の覚えに何も残さないだろう。それは、この男の役目とやらにとって効があるわけか。

男は後ろに控えていた手下に提灯を渡し、軽く一礼した。

「改めて名乗り申し上げる。横目付配下ゐ組小頭丹沢佐々波、以後、お見知りおき願いたい」

横目付配下。左京は眉を寄せ男を見詰めた。曖昧な笑みを浮かべている。愛想笑いにも、苦笑にも、冷笑にも見える笑いだ。おそらく唇を吊り上げただけで、笑ってなどいないのだろう。能戸の牢屋敷は藩のどの役職にも組み入れられない。法も慣例も届かない、藩主すら迂闊に手出しできない。言うなれば、この牢屋敷自体が、柘植の家そのものが、天羽藩の闇だった。底なしに深い暗い穴だ。関わりたくない。一生無縁でいたいと人は願う。それでも藩との繋がりが皆無というわけではない。毎年決まっただけの扶持米は届けられたし、使者も送られてくる。その使者と罪人護送の役目を負うのが横目付だった。

「で、何故におれを襲った。誰が、おれの暗殺を命じたのだ」

丹沢が大きく目を見開いた。わざとらしい。その表情のまま、頭を左右に振る。

「暗殺などとんでもない。それがしが口にするのは些か憚られるが、わが手下の力で柘植どのを倒せるなどと毛頭考えてはおらぬ。だからまあ、少し試させていただいた。そんな具合であるかな」

「おれの腕を試したと？」

「そのとおり」

「そのわりには、本物の殺気を感じたが」

「まあ、本気でやらねば柘植どのに軽くいなされるとわかっておったのでな。いや、本気でやっても手もなく捻(ひね)られてしもうたが。情けないことこの上ない。ははは」

「何のためだ」

開けた口を閉じ、丹沢は黒目をちらりと動かした。

「何のために、おれを試した」

「貴公の腕が入用(いりよう)だからだ。噂通りなのか、この眼で確かめておきたかった。全て、それがしの一存でやったこと。ご無礼はひらにお詫び申す」

丹沢は頭を下げ、腰を折った。それからひょいと顔を上げて、笑う。日の下で眺めれば、それなりに愛嬌(あいきょう)のある笑顔なのだろうが、仄(ほの)かな提灯の明かりでは陰影が濃く、どこか邪悪な様相さえ漂(ただよ)う。もっとも、日がいつも正体を照らし出すとは限らない。

「柘植どの、明後日、巳(み)の刻までに平石(ひらいし)門より登城なされるようにとの命でござる」

一息ついて、丹沢は心持ち声を低くした。

「上意でござる」

藩主自らの呼び出しというわけか。これはまた、面倒な。

さっきの小柄や刃より、ずっと面倒だ。

「おれは藩士とは違う。藩主の命に従わねばならぬ道理はない」

「逆らうつもりか」

「そうだと言ったらどうする。おれと斬り結ぶか」

薄く笑ってみる。丹沢にその気がないことは瞭然だった。力尽くは無理だとわかっているのか、刀を使わなくても左京を動かせる自信があるのか。

「上意に従わぬとは天羽藩を敵に回すことだ。そのような愚かな真似を貴公がするとは、思えぬがのう」

「登城する方が愚かかもしれん」

なにしろ魔窟だからな。わざわざ、踏み込むのは愚かの極みだ。

心内で続ける。丹沢は軽く首を捻り、そうかと頷いた。

「それがしは、貴公に登城の命を伝えるためにここに参った。一応、役目は果たしたわけだ。明後日、貴公がどのように振る舞おうがそれがしには関わりない」

左京は眉を顰めた。やけにあっさりしている。頭の隅が鈍く疼いた。

よもや……、いや、おそらくそういう顚末になるのか。

唇を湿らせ、問う。目の前の男を一刀のもとに斬り捨ててやりたい。

「……城に上がるよう命じられたのは、おれだけか」

「いや、もう一人おったな。あれは確か……ああ、思い出した。伊吹だ。伊吹藤士郎。確か罪人の倅ではなかったかな」

風が出て、提灯が揺れた。丹沢の顔半分が闇に沈む。まさに、魔窟から這い出してきたような悪相だ。

「では、伝えるべき全ては伝えた。さらばでござる、柘植どの」

向けられた背中は隙だらけだった。縦にも横にも斜めにも、斬り刻める。左京は奥歯を噛みしめ、遠ざかる足音を聞いていた。

「城から使者がきた？」

藤士郎は抱えていた粗朶を落としそうになった。気紛れな雨はぱらりと落ちただけで地を濡らすことはなく止んだ。それを幸いと、美鶴から粗朶刈りを命じられたのだ。明日には本降りになるかもしれない。その前に乾いた粗朶をたっぷり集めておきたいのだと。粗朶を抱え戻ってすぐ、使者のおとないを告げられるとは思ってもいなかった。後ろで、慶吾が「へぇ」と、妙に間の抜けた声を上げる。美鶴はひどく生真面目(きまじめ)な顔つきで首を縦に振った。

「そうなの。あなたたちが粗朶を刈りに行って間もなく……。あ、それ、竈(かまど)の横に積んでおいて。長さをちゃんと揃えてね」

「で、で、ご使者は何を伝えに来られたのです」

慶吾が身を乗り出す。はずみで粗朶がばらばらと土間に落ちた。美鶴は身を屈(かが)め、素早くそれらを拾い上げる。表情は硬く引き締まったままだ。藤士郎と慶吾は顔を見合わせた。

「姉上、よくない報せが届いたのですか」

「いいえ。良いとも悪いとも、正直、わからないの。でも、ともかく粗朶を置いて手と顔を洗っていらっしゃい。お昼、お芋だけだったからお腹がすいたでしょう。藤士郎が帰ってきたって言ったら村の方々がお祝いだって、鶏肉やら卵やらをたっぷり届けてくださったの。鶏鍋(とりなべ)を作ったから、心行くまで食べてちょうだい。慶吾さんも、是非に」

「あ、いや、わたしまでご馳走(ちそう)になるのは……」

「鶏小屋の修繕から薪割(まきわ)り、粗朶刈りに草むしり。随分と手伝っていただいたのですもの、夕餉(ゆうげ)ぐらい食べていただかないと罰(ばち)が当たるわ。それに、昔はさんざんうちで握り飯だの水菓子だのを食べていらしたではありませんか。今更、遠慮なんておかしいでしょ」

表情を緩(ゆる)め、美鶴はくすりと笑った。

井戸端で顔と手を洗い、汗まみれの身体を拭(ふ)く。

「何だか道場のころを思い出すな」

手拭いを固く絞りながら、慶吾が声を弾(はず)ませた。藤士郎、慶吾、五馬は市中松原道場にずっと通っていた。道場には月に一度、門弟たちが総当たりで戦う乱稽古(らんげいこ)があった。次々と相手を替えながら、へとへとになるまで竹刀(しない)を交わすのだ。天与の才に恵まれた五馬でさえ最後は膝(ひざ)をついてあえぐような荒稽古だった。藤士郎や慶吾は、床に転がったまま息をするのがやっとという有り様になる。身体中を打たれに打たれ、どこもかしこも、痣(あざ)だらけになった。それを井戸水で冷やし、ついでに飲み干し、頭から被(かぶ)った。

「ほら、五馬、もう一杯、ぶっかけてやる」

「馬鹿、やめろ。藤士郎おまえ、さっきまで指一本動かせないなんて言ってたくせに、悪さができるほど元気なのかよ。やめろって、冷たい」

「ほんとだ。藤士郎……、おまえ、存外頑強なんだな。おれ、腕が上がらんぞ。頭もくらくらする。手首も腫れて箸も持てそうにない」

「おい、慶吾、大丈夫か。まさに満身創痍だな。よし、たっぷり水浴させてやる」

「五馬、藤士郎を何とかしてくれ。もう二、三本、稽古をつけてやれよ」

疼きに顔を歪めながら笑った。互いに傷を冷やし合い、また笑った。

遠い昔のことだ。僅か二年前であっても、遥か遠い。それでも時折、こうやって思い出す。

「美鶴さま、難しい顔をしてたな。使者の御用、何だったのだろう」

慶吾が不意に今このときに話柄を合わせる。答えようがない。

入念に身体を拭き、家内に戻る。囲炉裏の傍に美鶴と茂登子が座っていた。仄かに墨が匂うのは、手習いの名残だろう。十人近くの村の子がここで学んでいたのだ。

促され、藤士郎は横座に慶吾は客座に座った。茂登子が口を開く。

「夕餉の前にお伝えします。今日、城からご使者が見えました」

「はい」

「明後日、登城せよとのことです」

「えっ、城に上がる?」

思わず顎を引いていた。なぜだか、左京の声がよみがえる。別れる寸前の一言だ。

些か剣呑でございますからな。

城下に入ることを、あるいは城内で出来するだろう事柄を左京は〝剣呑〟と言い表した。

剣呑。まさに切っ先のように心に突き刺さる言葉だ。

「おい、藤士郎、もしかしたら」

慶吾が肩を摑んできた。頰が紅潮し、汗さえ滲んでいる。

「仕官が叶うのではないか。そのために呼ばれたのではないか。そうだ、伊吹さまの罪が晴れたのだ。伊吹家は元通りに復禄されるかもしれんぞ」

「そう、上手くはいかないでしょう」

美鶴がこともなげに言い切った。慶吾の頰がみるみる色褪せていく。

「復禄のお達しではなかったのですか……」

「わかりません。ご使者は、ただ城に上がるように申されただけです」

そこで美鶴は顎を上げた。何かに挑む仕草だ。

「ご使者というのは、どうしてああも横柄なのかしら。こちらを見下して命じるだけ。偉そうにあれこれ告げる間、こちらが平伏しておらねば気に入らぬのですね。わたしが口を挟んだものだから、ひどく機嫌を損ねられたみたい」

「姉上、中言をなさったのですか」

「しませんよ。他人さまのお話の途中に口を差したりするものですか。一応、全て聞いてからお尋ねしただけです。弟を呼び出して、どうするおつもりなのですかって。尋ねて当然でしょ。江戸から帰ったばかりなのにわざわざ砂川までご使者を遣わすなんて、よほどのことではありませんか。用心するのは当たり前です」

茂登子が袖口で口元を覆った。くすりと笑う。

「美鶴ったら、はったとご使者を睨みつけて問い質すのですもの。機嫌を損ねたというより、あれは少し怯えたのではないかしら。あなたの眼つきにたじろいだ、そんな感じでしたね」

「まあ、母上さま。それは言い過ぎです。わたしは睨んだりしておりませんよ。藤士郎の身が心配だからお尋ねしただけです。わけもわからず城に上がるなんて、ちょっと……」

美鶴は言い淀み、僅かに目を伏せた。

「何というのかしら、不穏な心持ちになったのです。ご使者ってろくな報せを持ってこられないと、そんな気がしたものですから」

父、伊吹斗十郎の切腹の沙汰、遺された者たちへの領内所払いの指図。確かにこれまで城からの使者は凶報しか運んでこなかった。美鶴の不安ももっともだ。

美鶴の胸騒ぎと左京の用心が重なる。

「柘植は、どうなのでしょう」

左京の横顔が浮かんだとたん、美鶴の顔を覗き込んでいた。双子といいながら似ていない。それなのに、どこかがぴたりと一致する。ああ、姉と弟なのだ。どこが一致するか確とは答えられないくせに、藤士郎は強く感じる。美鶴と左京は、確かに繋がっているのだ、と。

「柘植も同じく城に上がるのでしょうか」

「わかりません。わたしも重ねてお尋ねしたのです。柘植左京どのも共に登城の命を受けたのかと。そしたら」

美鶴は鼻から息を吸い、軽く頬を膨らませた。

「それがしは、伊吹藤士郎に命を伝えに来た者である。よって、他の者の動息など知らぬ。知っていても伝える役目ではない」

「……姉上、それは口真似ですか」

「そうよ。ご使者の口上を真似たの。どう、似てるでしょ？」

「いや、本人を知らぬので何とも言い難いです」

「あら、それはそうね。惜しかったわ。そっくりなのにねえ」

美鶴の澄まし顔も物言いもおかしくて、藤士郎は少しばかり笑えた。笑えば心は軽くなる。

「わかりました。明後日、城に参ります」

「藤士郎、でも」

表情を曇らせる姉に、藤士郎は笑いかけた。

「ご心配には及びません。おそらく、御蔭先生あたりのご推挙があったのでしょう。悪い沙汰であるとは思えません」

「ほんとうに？　その言葉、信じてもよろしいですね」

「むろんです。母上や姉上が案じられるようなことは何もございません」

これは嘘だ。この先、城内が平穏であるわけがない。政の渦の中に巻き込まれる見込みは、十分にあった。しかし、ここまできたのだ。飛び込むしかない。が、真っ直ぐに真を母や姉に伝えるのはやはり躊躇われた。

なるようにしかならん。そう、腹を括る。

「そうですよ。悪いことばかりが続くわけがありません。禍福は糾える縄の如し、です。ほんとうに、伊吹家の復禄が叶うかもしれぬではありませんか」

慶吾が声を大きくする。慶吾なりに、励ましてくれているのだ。美鶴と茂登子がちらりと顔を見合わせた。茂登子が、短く息を吐く。

「わたしたちは、わたしと美鶴は、復禄を強く望んでいるわけではないのです。むろん、旦那さまのご無念を思えば今でも胸を掻きむしられる気はします。でも、ここの暮らしにわたしたち……そうね、何というのか、満ち足りているようにも思うのです」

藤士郎は母の顔を見詰めた。囲炉裏の火に照らされて仄かに紅い。

数刻前まで、ここは手習所になっていた。細長の文机を並べ、茂登子が砂川村の子どもたちに読み書きを教えていたのだ。その机は親たちの手作りであり、墨も紙も筆も親たちが持ち寄った金子で賄われていると聞いた。謝礼を固辞した茂登子には月に一度か二度、川魚や雉肉、菜物などが届けられるのだとも。

「墨は高直だから、随分と薄めて使うし、筆は使い回しをするのですよ。それでも、子どもたちは本気で、懸命に習おうとするのです。健気なほど一生懸命でね。読み書きできるようになれば証文が読める。証文が読めれば、小狡い仲買人にせっかく織った藺草の敷物をただ同然で騙し取られることもない。子どもたち、よく、わかっているのです。この前、ある女の子がね『茂登子先生のおかげで、おとうやおっかあの役に立てる』って言ってくれたのですよ。わたしは胸がいっぱいになって……。ここにいると、ささやかでも誰かの役に立っていると思えるの。それは本当に励みになるのですよ。まさか、この年になって、こんな気持ちになるなんて思いもしなかったのだけれど。ともかくね、藤士郎、わたしはここで生きていくつもりなのです。生きていけたらと望んでいるのですよ」

茂登子は頬を染め、とつとつと語った。母がこんなに長くきちんと想いを吐露するとは、意外だった。藤士郎の知っている茂登子は、控え目で言葉少なく常に夫の陰に寄り添うような女人だった。自らの心内を語るような人ではなかったのだ。砂川村に移って間もなくのころ、鬱々として幻と現の境目をさまよっていた母とも違う。

「要するに、母上さまは砂川村が好きなのよ。むろん、わたしも」

美鶴がどうしてだか胸を反らした。

「だから、あなたも復禄だとかお家の再興だとか仰々しいことを考えなくてもいいのです。あちらから無理難題を吹っ掛けられるようなら、さっさと辞しておいでなさい。武士でなくとも、みんなで力を合わせれば何とか暮らしていけます」

雷に打たれた気がした。

武士でなくとも。美鶴の発した一言が稲光になる。そんなにさらりと口にしていいのか、改めて姉を見詰める。見詰められた相手は臆する風もなく、胸を反らしたままだ。

「とはいえ、城に上がるのにその形(なり)では、さすがに憚(はばか)られます」

「いや、それはもう少しこざっぱりした形で参ります。いくらなんでも、このまま登城するつもりはありません」

「着る物のことを言うておるのではないの。前髪を落とさねばと申しておるのです」

「え……」

「ご使者が帰られてから、急ぎ母上さまと相談いたしました。明日、あなたの元服(げんぷく)をいたしましょう」

「は？　元服？」

「そうです。わたしも母上さまも気にはなっていたのです。もう遅いぐらいですものね。でも、いろんなことが重なって延び延びになってしまって」

「仕方ありません。本人が天羽にいなかったのですから。元服の儀をしたくてもできなかったではありませんか」

「まあ、道理だわ。慶吾どの、大人におなりね」

美鶴に褒められ、慶吾が照れている。手習所の子どもより幼く見えた。

「慶吾のことなんかどうでもよいです。姉上、明日というのはあまりに急ではありませぬか。烏帽子親をどなたに頼むのです。吉兵衛どのですか」

世話役の老人の名を出す。砂川随一の大百姓であり、人望も厚い。しかし、美鶴は頭を横に振った。

「駄目よ、あの方は引き受けてくださらないわ。前に何気なくお頼みしたことがあって、ええ、あなたが江戸から帰ってきたら元服をしたいって申し上げたの。そしたら、烏帽子親のことは頑として断られてしまって。身分が違うとおっしゃるの。百姓が武家の烏帽子親になるなどとんでもないと。わたしとしては、お人柄といい、人徳といい吉兵衛どのならぴったりだと思ったのだけれど。でも、仕方ないから次の方にお願いすることにしました。人徳は吉兵衛どのには及ばないけれどねえ」

「次の方とは？」

「今、佐平を使いに出しています。たぶん、よいお返事を持って戻るでしょう。わたしがわざわざ文を書いたのですもの」

美鶴が小さく笑う。不敵な笑みとも受け取れた。

「随分と偉そうではありませんか。そんなに威張れるような相手なのですか」

「まあね。いろいろと弱みを握っているのです」

「えっ、ちょっと待ってください。姉上がどなたに文を出されたか見当が付きませんが、よもや、脅しをかけて烏帽子親を引き受けさせる腹積もりではありますまいな」

美鶴が渋面（じゅうめん）を作る。少しわざとらしい。

「藤士郎、わたしを悪徳商人か何かだと思ってるの。脅したりするものですか。丁寧なお願いの文を書いただけです。まっ、これで断るようならきれいさっぱり本当の縁切りだわね」

「これ、美鶴」

茂登子が眉を寄せ、声音と表情で娘を窘（たしな）めた。

「少しおしゃべりが過ぎますよ。はしたない。もう少し慎（つつし）み深くなさい」

美鶴は肩を竦（すく）め、唇をすぼめた。

「はい、母上さま。申し訳ありません。でも、ここに移ってきてから女人の強さがあってこそ、世の中が回っているんだと思い知らされましたの」

美鶴の指が胸元に添えられた。優雅な仕草だ。ただ、指は日に焼けて節々（ふしぶし）が太くなっている。日々の暮らしを支え、賄（まかな）うための指だ。

「ここでは畑仕事も田仕事も、機織（はたお）りも男も女も関わりなく働きますでしょ。藺草の植え付けや刈り取りの一等忙しいときは、〝合〟ごとに炊き出しもするけれど、そのときだって男だから女だからではなくて、お年寄りが中心になってなさるではありませんか」

〝合〟は、村を四つに分けた纏まりの呼び名だ。だいたい十戸前後で一纏まりとなる。美鶴が言ったように、繁忙期の炊き出しや道直し、溝掃除などはこの〝合〟ごとに行い、葬儀や祝い事、病人の世話まで担う。支え合わなければ生きていけない。生きるために助け、助けられる。江戸の裏長屋と同じ理屈、同じ組立てではあるが村全部が同じ仕事を為すぶんだけ、人は密に繋がっていく。

城下で暮らしているとき、農村のありようなど考えたこともなかった。米が稲から採れ、稲を作るのが百姓だという程度しか知らなかったのだ。裏長屋にも農村にも、黒松長屋にも砂川村にも人が生き抜くための繋がりがあり、知恵がある。自らが生み出した安全網を張り巡らせて、人は何とか人として日々を過ごしている。

そんな風に考えも、思いも、感じもしなかった。今は、少し違う。人々の知恵も、美鶴の言う男に頼り、添うのではなく同等に生きる女の強さも、綺麗事ではすまない人と人との絆の形も、朧だが見えてきた。ただ、美鶴が何を言おうとしているかは見通せない。

茂登子が表情を引き締めた。険(けわ)しいほどの眼つきで娘を見る。

「美鶴、確かに砂川の者たちはみな等しく働きます。女だとて一人前の働きをするし、女がいなければ家内も野良仕事も回らないのも事実です。だからといって、殿御(とのご)を蔑(ないがし)ろにしていいわけではありませんよ。慎みをもって殿御に仕えることを忘れて何とします」

「蔑ろになどしておりません。男も女も等しく働けると申しておるだけです。それに、わたしにはお仕えする殿御などおりませんし、この先もそんな面倒なものを持つ気もございません」

茂登子の目尻がそれとわかるほど吊り上がった。

「まあ、美鶴、あなたは何ということを。面倒だなんて……」

「母上さまはそうお思いにならないのですか」

美鶴は母に向かって、僅かににじり寄った。

「母上さまは、父上さまに仕えて、尽くしておいででした。ずっと……。あのころより、今の方が母上さまはお幸せそうに見えます」

「美鶴、やめなさい」

「父上さまは、母上さまを裏切ったではありませんか。柘植の娘に子を産ませました。どんな事情があるにせよ、母上さまはそれを耐え忍んだままで」

　肉を打つ音がした。慶吾が身を竦める。

「いいかげんになさい。父上のことを悪しざまにいうなど許しませんよ。図に乗るでない」

　茂登子が立ち上がり、美鶴を睨む。美鶴は頬を押さえ唇を結んで、母の視線を受け止めていた。ため息が一つ、茂登子の口から漏れた。背を向けると、そのまま隣の小間に入っていく。それを見届けて、美鶴も息を吐いた。ちらりと黒眸が動く。

「驚いた？」

「驚きました。母上と姉上が言い合うなんて初めて目にしましたから。慶吾など、恐れおののいて震えております」

「ば、馬鹿。震えてなどおらぬ。しかし、あの茂登子さまがお怒りになるとは、驚きだ。伊吹の屋敷におられたころは、いつも物静かでお優しくて、うちの鬼婆と比べて雲泥の差があると藤士郎が羨ましかったが……、いや、今でも雲泥の差はあるのだが」

「ここに来てから、時々、こんなぶつかり方をするのです。主に、父上さまのことでだけど」

「えっ」

藤士郎と慶吾の声が重なった。美鶴がくすっと笑う。頰は赤いが顔つきは明るい。

「また、驚かせたかしら」

「待ってください。では、姉上はその……柘植のことを、いや、柘植といっても左京ではなくてその母親の、つまり柘植の娘ですがその柘植のことを母上と、あの、母上に面と向かってあれこれと、その……」

「藤士郎、落ち着きなさい。言っていることが支離滅裂(しりめつれつ)ではありませんか。ええ、そうです。わたしと左京どのの生みの母についてです。わたしね、曖昧なままにしておきたくないの。あら、慶吾さん、どこに行かれるのです」

立ち上がった慶吾が戸惑(とまど)うように首を振る。

「いや、あの、込み入ったお話なら、わたしはここで席を外そうかと……」

「何をつまらぬ遠慮をされるのです。駄目よ、せっかく拵(こしら)えた鶏鍋ですもの。召し上がってくださいな。遅くなるようならお泊まりになればいいでしょ。せっかく、藤士郎が帰ってきたのですもの。一晩中だって語らっていたいのではなくて」

「は、はあ。それはそうですが……」

いいから座れと、藤士郎は眼つきで慶吾を促した。柘植家と美鶴の関わりについて慶吾に全てを伝えたわけではない。しかし、大方は解しているはずだ。なにしろ、所払いになってからずっと、慶吾は美鶴たちを見守り続けてくれていたのだ。

「姉上は何をはっきりさせたいのです」

慶吾が腰を下ろすのを確かめて、姉に問う。

「父上さまの罪です」

あまりにはっきりと言い切られたものだから、返す言葉に詰まった。

「父上さまが商人と結託して私腹を肥(こ)やしたとは思っておりませんよ。父上さまは、蓄財に執着するようなお方ではありませんでしたからね。でも、わたしは父上さまがまるで潔白だとも思えないのです。いえ、ご政道に関わることではありません。そこは、わたしにはどう足掻(あが)いても知り得ぬものでしょう。あなたには、ある程度はわかっているのでしょうけれど」

美鶴が軽く鼻を鳴らした。少し咎(とが)めるように目を細める。藤士郎は背骨を伸ばす。

「それはお話しするわけにはいきません。まだ、何も片付いていないのです」

むしろこれからだ。城に呼ばれたのも藩政改新の動きと無縁であるはずがない。呼ばれて何を命じられるのか、伝えられるのか見当もつかないが。

「訊(き)こうとも思いません。わたしは、父上さまの本当の罪は母上さまのお心を踏み躙(にじ)

ったことだと思うています。母上さまほどの方を妻としながら、他所の女子に子を産ませた。大罪ではありませぬか。母上さまにとっても、柘植の方にとっても惨い仕打ちです。柘植の方が早くに亡くなられたのは、父上さまのせいではないのかと、わたしは疑うております」

美鶴の眼元が薄らと染まる。怒りが艶を引き出していた。艶やかな怒り。惹き込まれるようであるし、怖じるようでもある。

「柘植は、怨みなどないと申しておりました」

間の抜けた台詞だと歯噛みしたくなる。だが、一旦口にしたのだ。続けるしかない。

「伊吹斗十郎を父親だと思うたことは一度もないし、怨んだこともないと」

「左京は左京です。わたしは、今、わたしの話をしているのですよ」

えへっと慶吾がこれも間の抜けた声を出した。

「あはっ、怒られた、怒られた。いつまでたっても子どもだな、藤士郎」

「うるさい。慶吾に子ども扱いされるようじゃ世も末だ」

「何を言うか。おれの方がおまえよりよほど、大人だからな」

「二人とも、わたしが話している最中に言い合いなんてしないでくださいな」

咎めながら、美鶴の口元が綻びる。口元に手をやって、美鶴は忍びやかに笑う。

「なんだか、こういうところは昔とちっとも変わっておりませんね。何だかもう、どうでもいいような気分になりました。あれこれ言い募っても詮無いですものね。いいわ、夕餉にいたしましょう」

自在鉤に吊るした鍋から湯気が上がっている。美鶴が蓋を取ると、香ばしい味噌の香りが広がった。慶吾が唾を呑み込む。

「どうでもいいのですか」

湯気の向こうの姉に問いかけてみる。父の犯した罪とはどうでもいいものなのか。ある程度の地位や財力があれば、男が外に女を囲うことは珍しくはない。正室と側女との間にははっきりとした立場の差はある。だが、後嗣となる男子の母となれば、その立場もまた変じていく。道理とまではいかないが、当たり前に流布している思案だと思っていた。美鶴はそこに異を唱え、腹立ちを覚えている。父のやったことを罪だと責めている。

どうでもいいで済ませられない気がした。

母も姉も左京の実母である女人も、みな傷ついた。苦しんだ。女たちに辛苦を負わせた責はやはり罪としか言いようがない。そういう眼で父を振り返ったことは一度もなかったから、藤士郎は戸惑い、些か狼狽えてもいた。

「あなたは明日、元服いたします」

美鶴の口調が厳かになる。いつの間にこんな物言いができるようになったのだろうと、藤士郎は改めて姉を見据えた。

「父上さまの良きところは近づけるように励めばよいし、悪しきところは同じにならぬように努めねばなりません」

「はい」

「藤士郎」

「はい」

「何があっても、女を苦しめてはなりません。それを恥とするほどの男に、あなたならなれます。姉は信じておりますから」

美鶴と目が合う。左京とよく似ていた。形ではない。眸に宿る暗みと底光りする輝きが瓜二つだ。ああと、息を吸い込みそうになった。

ああ、そうか。おれが砂川を離れた年月、姉上はずっと苦しんでこられたのだ。

自分の出自を、茂登子との関わり方を、斗十郎に対する想いを持て余し、捨てるに捨てられず背に括りつけて生きてきた。父を怨みながら乞い、実母に心を馳せ、茂登子との新たな繋がりを手探りしていく。美鶴は美鶴だけの戦をここで繰り広げていたのだ。たった一人で。

「姉上のお言葉、確と胆に銘じてまいります」

頭を下げる。「わたしもです」慶吾も同じように深く一礼した。

「あらまあ、すっかり堅苦しくなってしまいましたねえ。ごめんなさい。せっかくのお料理が美味しくなくなるわね。さ、食べてくださいな」

鍋の中には鶏肉と菜物、葱、蒟蒻などがたっぷり入っている。美鶴はそこに豆腐を足した。

「この豆腐も蒟蒻も、お由さんがくださったの。手作りですって」

「お由？　ああ、吉兵衛どのの娘ですね。やたら声の大きい」

「そうそう。壁があっても襖があっても丸聞こえになるような地声でしょう。お由に内緒話などできない。全部筒抜けになるって吉兵衛さん、苦笑いされてましたよ。はい、どうぞ、たくさん召し上がれ。今、ご飯も装いますからね」

「姉上、母上はいかがされますか」

「わたしがお部屋にお運びいたします。母上さまのお心を騒がせてしまいました。お詫びしなければね。でも……わたし、できるだけ言いたいことを我慢しないようにしたの。わたしたち、思うたことをぶつけあって生きる方が性に合っている気がしてならないのです。むろん、相手の心内に無遠慮に踏み込むという意味ではなくてよ」

かたりと音がして、戸が開いた。風と一緒に佐平が入ってくる。

「おじょうさま、若さま、ただいま戻りました」

何十年も伊吹家に仕えている下男は白髪頭をひょこりと倒した。美鶴が上がり框に腰を下ろすと、佐平は土間に跪いた。

「佐平、ご苦労さまでしたね。あちらのお返事はどうでしたか」

「へい、ここにお文を預かって参りました。で、実は……」

佐平の声音がぐっと低くなる。美鶴がそれに何か答えた。こそこそと、それこそ内緒話だ。

「美鶴さまと佐平は何の話をしているのだ。う、これは美味い。蒟蒻に味が染みて絶品だ」

「慶吾、いちどきに二つの話をするな。ややこしい。姉上の所業はいつも謎だ。おれの烏帽子親のことだろうが、誰に頼むおつもりなのか。うむ、確かに美味いな」

「おまえだって二つ話をしているではないか。けど、あれはご本心なのかなあ」

慶吾が丸い蒟蒻を箸で摘まんだまま、ため息をついた。

「誰の本心のことだ？」

「美鶴さまに決まっているだろうが。ほら、二度と嫁がれる気はないみたいなことを、おっしゃっただろう」

「ああ、そうだな」

慶吾と藤士郎も声を潜めてやりとりをする。藤士郎は友の顔をちらりと見た。

「慶吾、おまえ、そのことが気になっているのか」

「うーむ、気になっていると言えば気になっていて、気にならないと言えば嘘になるなあ」

「わけのわからん言い回しをするな。だいたい、姉上が嫁に行こうが行くまいが、おまえに何の関わりがある？　まるでないではないか」

「大いにある。叶うなら、おれは美鶴さまを嫁に……」

「はあっ？」

思わぬ大声が出た。美鶴が振り向き、首を傾げる。

「馬鹿、頓狂な声を上げるな。叶うならと言っただろう。叶うなら、だ。まあ叶うわけもないのだが」

「当たり前だ。叶ってたまるか。おまえを義兄上と呼ぶなんて金輪際ごめんだからな」

「そこまで言うか。おれだって、おまえみたいな捻くれた義弟などいるもんか。しかし、美味いな。藤士郎、もう一杯、いただくぞ」

調えられた膳ではなく囲炉裏にかかった鍋から直にすくい、食す。百姓の食べ方だ。それが美味い。伊吹の屋敷にいたときも膳は質素だった。ほぼ一汁二菜だ。それでも、飯は白米だったし、尾頭付きの魚が必ず並べられた。何より膳が決まっていて、それぞれが鍋から直にそれぞれの椀にすくうなど慮外のことだ。

しかし、美味い。慶吾と並んで食べながら口に入れた物が喉を通り、腹に溜まり、心身を支える。その力を生々しく感じ取れる。食うことと生きることが真っ直ぐに結びつく。

「五馬も美鶴さまを慕っていた」

慶吾が箸を止め、囁いた。それから、慌てて目を伏せる。

「あ、すまん。また五馬の話になってしまった」

「いや……。おれにもわかっていた」

五馬に止めを刺す寸前、その唇が動いた。美鶴さまと姉の名を呼んだと思う。微かに笑んだようにも思う。

「おまえも五馬も女を見る目がないってことだ。周りに妙齢の女人がいなかったから、さもありなんだが、あまりに女を知らなすぎる。姉上に懸想するなど、熊の檻に素手で入るようなものだ。一嚙みされて終わりだぞ」

「熊だろうが虎だろうが、美鶴さまなら嚙まれて本望だな、おれは」

「こりゃどうしようもないな」

わざと嘆いてみせる。慶吾がにやっと笑った。道場に通い始めたころの、どこかにあどけなさを残した笑顔を思い出させる。あれから何年もが過ぎ、松原道場とも遥か隔たってしまったのに、慶吾だけはいつも容易に昔に帰っていく。遡上する小魚のように、時の流れに逆らって笑みを煌めかせる。

藤士郎は蒟蒻の欠片を口の中に放り込んだ。鼻の奥が少し疼いた。

寝息が聞こえる。

囲炉裏の傍で藤士郎と慶吾が眠っている。その音は、きちんと整ってただ一つのもののように重なっている。美鶴は足音を忍ばせて、二人の傍らを歩いた。小間の襖越しに、茂登子に声を掛ける。

「母上さま、入ってもよろしゅうございますか」

「よろしいですよ。お入りなさい」

茂登子は行灯(あんどん)を点(とも)し、縫物をしていた。

「よいところに来たわ。これ、あなたの背丈に合わせて少しばかり裾(すそ)を伸ばしてみたの」

甕覗色(かめのぞきいろ)の小紋だった。大小霰(だいしょうあられ)の模様だ。茂登子は立ち上がると、それを美鶴の肩に掛けた。

「母上さま、これは……」

「わたしの小紋を仕立て直したのですよ。明日、あなたに着てもらいたくて。弟の元服の儀ですもの。木綿小袖というわけにもいかないでしょう」

「これをわたしに？　よろしいのですか」

「あなたに着てもらいたくて、仕立て直したと言ったでしょ。まあ、よく似合っていますよ」

茂登子は微笑みながら美鶴の背中に手を添えた。

「あなた、自分の着物の大半を売ってしまったのでしょう。帯も簪(かんざし)も櫛(くし)も暮らしの糧に消えてしまって、もうほとんど残っていないはずです」

「まあ、母上さま、そんなことはございません」

「美鶴、わたしは母親ですよ。娘の嘘など容易(たやす)く見抜けます」

背中に添えられた指先が震えた。微かな震えと温(ぬく)もりが伝わってくる。

「苦労をかけます。あなたには、本当に苦労ばかりを……」

「苦労だなんて、母上さまは思い違いをなさっておいでです。何度も申し上げました。わたし、ここでの暮らしに満足しておりますの。本当です。機を織るのも、田畑を耕(たがや)すのも、苦労だとは思うておりません。自分を哀れだとも不幸だとも思うておりませんの」

茂登子は娘を見上げ、ゆっくりと頷いた。

「わたしもですよ。ここに来て、やっと、解き放たれた気がしています」

美鶴の肩から小袖が滑り落ちた。それを拾い上げ、茂登子は天井の暗みを見上げた。

「あなたの言う通りです。斗十郎どのの為されたことに、わたしは傷つきました」

「母上さま、わたしはお詫びに参りました。あまりに軽はずみな物言いをしてしまいました」

「ええ、些か軽はずみでした。もう少し熟慮をもって話をなさい。でないと禍根(かこん)を残すことになりますからね。以後、心して過ごすのですよ」

「はい」

「でも、あなたの言ったことは間違ってはおりません。斗十郎どのが外に子を作られたと聞いたとき、全ての髪が逆立つような憤怒に囚われたものです。嫁して二年近くが経とうというのに、わたしはまだ子に恵まれておりませんでしたから」

茂登子が行灯の傍に腰を下ろす。美鶴もその横に座した。

「憤怒と妬心と不安、泣き叫びたいような心持ちに一人身悶えしたものです。斗十郎どのも柘植の方も憎くて、憎くて、怨念で焼き殺せるなら殺してやりたいとあさましくも呪うたりいたしました。今、振り返れば、どんな形相をしていたのか自分でも恐ろしくなります」

憎悪に歪んだ母の顔など思い浮かびもしない。物心ついてから、一度たりとも目にしていない。今語っていることが真実なら、母はどうやって乗り越え、凌いできたのだろうか。

「あなたのおかげなのですよ」

茂登子が呟いた。その声が微かに耳朶に触れる。

「え？」

「あなたのおかげで、わたしは鬼にならなくて済みました」

よくわからない。美鶴は眼差しで母に問うてみた。茂登子は笑む。少し、はにかんだ笑みだ。

「あなたはね、ほんとうに愛らしい赤子だったの。今もそうだけれど、嬰児のときからこちらを見詰める癖があってね。大きな澄んだ眼でじっと見てくるのですよ。それから、もごもごと唇を動かして笑うの。それはもう愛らしくて、可愛くて。あなたを一目見たときから、わたしは夢中になってしまったのです。この子がわたしの娘になる。わたしは母としてこの子を育てられる。そう思った瞬間、怨みも憎しみもどこかに消えてしまいました。いえ、全てがなくなったわけではありません。心のどこかに」

茂登子は胸に手をやり、軽く押さえた。

「斗十郎どのへのわだかまりは残ったままでした。でも、あなたといると忘れられたのですよ。あなたが笑った、歯が生えた、お座りができた、這うようになった。熱を出した、怪我をした、咳が止まらない。よいことも悪いこともあったけれど、あのころ、わたしの日々の真ん中にはいつもあなたがいました。あなたがいてくれて、わたしは母になれたのです。母になったら男の転た心などさして気にもならなくなります。男より女に、斗十郎どのより娘を取り上げられた柘植の方に心を馳せることもできました。わたしはあなたを得たけれど、あの方は奪われたのですものねえ。惨いことです。哀れに思いながら、万が一、あなたを取り返しに来たらどうしようと、妬心ではなく恐れを抱いたりして……」

心を乱したいっとき、茂登子は叫んだ。

美鶴は返しません。わたしの娘です。ええ、渡すものですか。

どこにもいない幻の女から美鶴を守ろうと、眦を吊り上げたのだ。奪われてなるものかと、必死に構えていた。剝き出しの情であるだけに紛いはなかった。あれは、確かに母の情だ。子のために死闘する、猛々しい母の情に他ならない。

「わたしは鬼ではなく母になれました。だからね、美鶴、何もかもあなたのおかげなのですよ。ほんとに……、よくぞわたしの許に来てくれました。礼を言います」

「母上さま」

茂登子の腕が伸びて、美鶴を抱いた。身体の力が抜ける。美鶴はそのまま母の胸にもたれかかった。心の内で何かが外れる。ころりと転がって、気持ちが解けていく。

涙が溢れた。

「母上さま、母上さま、母上さまぁっ」

愛しんで育てていただきました。慈しみの一日一日を与えてくださいました。だから、わたしはこうして生きていられます。

「わたしは……本当はすごく怖くて……父上さまが亡くなってから、どうしていいかわからないことばかりで……怖くて、でも、怖いなんて言えなくて……母上さまぁ」

身体がずるずると崩れて、いつの間にか母の膝につっぷしていた。

「ええ、ええ。わかっておりましたよ。あなたが精一杯、踏ん張って、がんばって……美鶴、ほんとにありがとうね。よくここまで辛抱してくれました。あなたがいなかったら、わたしたちはみなばらばらになっていましたよ。いえ、生き延びることさえ難かったでしょう」

「怖かったんです。は、母上さまがどこかに行っておしまいになるようで……と、藤士郎が死んでしまうようで……、怖くてたまりませんでした。ここに来たころは……あ、明日のお米をどうしようかとか……、藤士郎が帰ってこなかったらどうしよう……とか、母上さまがわたしのことを憎んでおしまいになったらどうしようとか……、怖い思いが次から次へと湧いてきて……ひ、一人で震えておりました。母上さま、わたしは……ううう っ」

涙ばかりか洟まで出てきた。すすり上げると、また、涙がこぼれた。胸の内に抱えていた怯えが不安が暗い記憶が、母の温もりに溶けていく。溶けて、涙や洟と一緒に流れ出てしまう。嗚咽が漏れ、喉が鳴る。涙が口中に入り込む。驚くほど塩辛い。

大声で笑うことも泣くこともしゃべることも、武士の娘として厳しく戒められてきた。泣きじゃくるなど以ての外だ。けれど、茂登子はもう何も咎めなかった。日に焼けて染みと皺の増えた手で、美鶴の背をそっと撫でているだけだ。

「あなたには苦労をかけました。これからもかけるでしょう。でも、ここで新しく生き直しましょうね、美鶴」

顔を上げる。まああと茂登子は懐紙を取り出した。

「こんなにぐしょぐしょになって。せっかくの花の顔がだいなしですねえ」

美鶴は母から懐紙を受け取った。上物だ。懐紙と懐剣と数枚の小袖。茂登子が伊吹の屋敷から持ち出したものの数は少ない。その内の一つが、甕覗色の小紋だった。

涙と洟をぬぐい、美鶴は背筋を伸ばした。上質の紙が頬と心の湿り気をきれいに吸い取ってくれる。茂登子が小さく頷いた。

「すっきりしましたか」

「はい、すっきりいたしました。明日はこの小紋を身に着けて、藤士郎を見守ります」

「段取りは整っておりますね。あなたのことだから、抜かりはないでしょうが」

「はい。膳の拵えや掃除は、お由さんたちが手伝ってくれる手はずになっております。なんと、幾世さまもお出でくださるそうですよ。朝早く、慶吾さんのお着替えと祝い餅(もち)を持ってきてくださるそうです」

慶吾の宿泊を報せる文を村の若者に託した。藤士郎の元服の儀に出座していただくために一泊、お泊まりを乞うたと。折り返しの返信で幾世は、めでたいの一文を数行にわたって書き連ねた後、できるなら自分も手伝いにまかり越したいと記してくれた。領内所払いになった伊吹の家人に、昔と何ら変わることなく接してくれる数少ない者のうちの一人だ。

「まあ。幾世どのが来られるとなると相当な賑(にぎ)やかさになりますね」

「はい。相当なものです。でも、賑やかな方が侘(わび)しいよりずっとよろしゅうございます。藤士郎には願ってもない門出かと存じます」

泣くだけ泣いて、母に甘えた。心が軽い。溶けて流れ出した想いの塊(かたまり)に代わって、真っ直ぐな筋が一本、己の中に通った気がする。

前を向く。明日を見据える。母の言う生き直しの道はもう始まっている。

「美鶴」

「はい」

「藤士郎は、城に上がって大丈夫でしょうか」

茂登子の表情が曇った。それもまた、母の顔だった。

「何のために城に参上せねばならぬのか、ご使者は明言されませんでした。よもや、斗十郎どののことで藤士郎に咎めが及ぶことはありますまいな」

それは、美鶴も胸に抱えている危惧だった。

何故の登城の命なのか。摑めない。けれど拒むわけにはいかなかった。藩内で暮らしている以上、下された命に刃向かう道はない。それこそ命を懸けての抗いになる。ただ、危害を加えるために藤士郎を招くとは、どうしても考え難い。そんな大仰な真似をする意味がないからだ。藤士郎は美鶴の知らぬ秘密事を摑んでいる。それは、おそらく父だけでなく天羽の政に深く関わるものなのだろう。だから、弟は固く口を閉ざしている。

城内の誰かが、藩政の中心に座る方々の一人、もしくは数人が秘密を知る藤士郎を疎ましくとも、邪魔とも、あるいは危険とも感じ葬ろうとした。暗殺は口封じの最も手っ取り早い方便だ。それで……。そこまで思案を進め、美鶴はかぶりを振った。

藤士郎は出仕もしていない身だ。刺客を放ち、襲うなら砂川村で十分ではないか。夜道で待ち伏せるのも、この家に押し込むのも、城内で事を起こすよりずっと容易い。殺すために呼び寄せるわけではない。では、何のためか。わからない。わからないのが不安でもあるが、命のやり取りでないのならどうとでもなる。藤士郎自身が行くと腹を決めているのだ。それに……。

「左京がおりますわ」

「左京が？　あの者にも登城の命が下っておるのですか」

「どうでしょうか。ご使者から聞いたわけではありません。万が一、命が下されていなくとも左京は藤士郎に寄り添ってくれるでしょう。そんな気がします」

「なにを拠り所に思うのです」

「それは……。何の拠り所もございません。でも、信じられるのです。左京は藤士郎の守り刀です。どんなときも何があっても、あの子を守り抜いてくれます。そして、藤士郎も左京を守り、支えてきたのではないでしょうか」

「それは二人の姉として、あなたが望むことですか」

「望みではなく、真だと思うております」

暫く黙り込み、茂登子は視線をさまよわせた。天井を突き抜け、遥か天空に何かを探す。そんな眼差しだった。

母上さまの魂が、また、現を離れてしまうのでは。

束の間だが不安が胸を過る。しかし、茂登子の眼差しはすぐに、娘の上に戻ってきた。

「美鶴、藤士郎にしろ、左京にしろ、わたしたちとは違う戦いをしておるのでしょうね。斗十郎どのとてそうでした。政争とでも呼ぶものなのでしょうか。女にはわからぬ男の戦いです。でも、男にもわからぬでしょう。わたしたちがどんな風に日々を戦っているかなんて」

「はい」と美鶴は頷いた。

そう、わたしたちにはわたしたちの戦がある。藤士郎にも左京にもできない戦だ。

「まずは母上さま、砂川のこの地で生きてまいりましょう。わたしたちなりの暮らしを立派に成り立たせてみせますから」

「おや、それは謙遜ですか。今でも立派に成り立っているのではなくて。あなたは、このところ大黒柱の貫禄さえ仄かに滲んできましたよ。若いのだから、あまりどっしり構えぬ方がよいのではと、正直、母は案じておるのです」

「まあ、母上さま。わたし、貫禄などついてはおりません。まだまだ初々しいと思うておりますのに、酷うございます」

母と目を見交わして笑う。その声に小紋の裾が微かに揺れた気がした。

藤士郎は仰向(あおむ)けになったまま、母と姉のやりとりを聞いていた。薄い襖は、よほど忍びやかでない限り音も声も筒抜けになってしまう。もっとも、慶吾の寝息が耳について、大半は聞き逃してしまったが。それでも、姉の号泣は確かに聞いた。姉がどれほどの重荷を背負うていたか、折れそうな心を懸命に保ち続けてきたか、怯えながら暮らしていたか、改めて、いや、初めて思い至った。

おれも泣いたな。

鶏小屋の前で、慶吾の優しさに縋って泣いた。黙って受け止めてくれる相手が傍らにいる。泣いてもいいのだと心を解いてくれる誰かがいる。それがどれほどの果報であるか、やっと身に染みた。姉に母がいてよかった。母に姉がいてよかった。ひるがえって自分はと考える。

おれは誰かの添え木になれているだろうか。

思案を巡らせても、はなはだ心もとない。小さくため息をつく。

随分と、甘えていたのだな。

姉や母や友の強さと大らかさをいいことに、甘え続けていた。美鶴の涕泣(ていきゅう)は、我が身の甘えを鼻先に突きつけてくる。慶吾のように茂登子のように、身近な者の涙や嘆き（なげ）を受け止める懐深さを、まだ、持ち得ていない。

明日からは……。

闇の中で唇を噛みしめる。明日からは己の足で立ち、己の手で周りを支える。そういう者にならねばならない。「また、そのように事を急がれる」左京の皮肉交じりの一言が耳奥で響いた。「人の性質（たち）は一朝一夕に変わるものではございません。決意しただけで自分が変われると考える。そこも、あなたの甘いところです」

ここにいない男の声をなぜ耳が捉えるのか。不思議だ。幻のくせに現（うつつ）の確かさがある。

慶吾が寝返りを打った。寝息がいっとき、静まる。藤士郎も横向きになり、壁を見詰めた。

明後日、城に上がる。そこで何が待ち受けているのか。まさか、いきなりなぶり殺しの憂（う）き目には遭（あ）うまい。遭ったら遭ったまでのこと。無念を抱えて果てるしかない。そこまで腹は括っていた。怯えはない。むしろ高揚していた。もしかしたら政がうねり、形を変えていく様をこの眼で見届けられるかもしれない。そんな機会を与えられるかもしれない。父は命を賭（と）して一通の書状を遺した。それが、現にどんな穴を開けるのか。あるいは現の壁にあえなく撥（は）ね返されてしまうのか。

つぶさに見てやる。変わらねばならぬのは人も政も同じだ。変わり改まることを忘れた者が新しい何物をも生み出せないように、淀み自らの変化を忘れた政は生むを忘れ、新たになることを忘れ、腐っていく。父は父なりに腐臭を嗅いだのだろうか。

歪な人だったな。

ふっと、久しぶりに心が父、伊吹斗十郎に向いた。息子への想いも、野心も、生き方もどこか歪に捻じれている。それが大人となれば持たざるをえない歪みなのか。斗十郎のみの性質なのか。摑み切れない。ただ、自分は父とは違う生き方をする。誰のための政か、誰のために何を為すのか思案し続ける。幾度も嚙みしめた想いをまた、嚙みしめる。

歪みはしない。天にも地にも人にも己にも、真っ直ぐに向き合い生きる。そういう生き方を貫き通してみせる。

それも甘いと嗤うだろうか。

眼裏に左京の横顔が浮かんだけれど、嗤っているのか呆れているのか真摯に耳を傾けているのか窺い知れない。父とは全く違う形で、ややこしく入り組んで見通せない男だと思う。ただ、そのややこしさに心を惹かれる。

おもしろい……。

眠気が忍び寄ってくる。慶吾の寝息に誘われて、藤士郎は眠りに落ちていった。

前髪が落とされ、月代(さかやき)が剃(そ)られると、急に風が染みてきた。

美鶴が進み出て、手早く髷(まげ)を結いなおす。美鶴は器用で、髪結いを生業(なりわい)にする者にも負けぬほどきっちりと結い上げる技を身につけていた。理髪の役にはぴったりだ。

「ふうっ」

聞こえるほど大きく息を吐き出したのは、烏帽子親を務めた今泉宗太郎(いまいずみそうたろう)だ。宗太郎が朝早く馬で乗り付けたときには、少なからず驚いた。

かつての義兄、美鶴が嫁いだ相手が現れるとは思ってもいなかったのだ。

美鶴と宗太郎の夫婦暮らしはほんの短いものだった。斗十郎が罪人として処されたのを事由として、美鶴は自ら婚家を去ったのだ。宗太郎を始めとして今泉の人々は誰一人、止めなかった。義母に当たる人はむしろ安堵(あんど)の表情を見せたと、後に、美鶴は語った。

「あそこまで露骨だとかえってさばさばいたしますわ」と、自らもさばさばと語った。その後、今泉家の人々が話題となることは、ほとんどなかった。少なくとも藤士郎の頭の中からは、すっぽり抜け落ちていた。美鶴が元の夫に弟の烏帽子親を頼んだのも、宗太郎がそれを引き受けたのも慮外な出来事だ。

烏帽子親とは言うが、加冠はしない。月代を剃るだけの簡略な儀式だ。それでも、女たちの手によって掃き清められた座敷には普段と違う風が通るようだ。蘭草の敷物が青々とした香りを放ち、香りは風と縺れ合い胸の底まで届いてくる。

祝いの膳が運ばれ、餅を煮込んだ汁が集まった村人や子どもたちに振る舞われた。武家と町方の仕方が渾然となっている。それはそれでおもしろい。心底から若者の出立を祝ってくれる人々が集ってくれたのだ。細かく作法の取り決められた儀より自分には相応しいようにも思う。ただ、紋付き羽織姿の吉兵衛は、美鶴が幾度願っても茂登子がどう誘っても、畳に上がることを頑として拒み、土間で餅汁をすすった。酒も口にしなかった。反対に、宗太郎はよく飲み、瞬く間に酔漢になっていく。

「いや、めでたい。めでたい。実にめでたい。藤士郎、これでそなたとは親子も同然の仲となった。義兄から親へ格が一つ高うなったのう。ははは」

「義兄ではございませんでしょう」

すかさず美鶴が口を挟んだ。

「今泉家と伊吹家は今は何の関わりもございません。きれいさっぱり、赤の他人でございます」

とたん、宗太郎の顔つきが歪んだ。醜男ではない。些かのっぺりとはしているが眼元、口元には名門の嫡子らしい品があった。優雅でさえある。そういう顔が歪むと、ひどく幼くも頼りなくも見えてしまう。

「美鶴、そのようにあからさまに言わずとも……。わしとしては、まだ、そなたとは夫婦のような心持ちであるのだぞ。だからこそ、こうして藤士郎の烏帽子親を引き受けたというのに」

「おや、そうなのでございますか。わたしは確かに去り状をいただきましたが」

「いや、だから、あれはその……、わしとしては断腸の思いであったのだ。母上や父上が、やいのやいのとうるさくて……、藩に叛いた罪人の娘を嫁にしておけないと」

宗太郎が口を閉じる。失言を悟ったらしい。美鶴が顎を上げる。睨みつけられたわけでもないのに、宗太郎は目を伏せ、身を縮めた。

「今泉さま、此度のご厚情、まことにありがたく、改めて御礼申し上げます」

見るに見かねて、藤士郎は式の終わりに口にした謝辞をもう一度伝えた。

「あ、いや、うむ。なかなかの若武者振りではないか。末頼もしいぞ、藤士郎」

「はっ。烏帽子親さまの名を汚さぬよう精進する所存にございます」

「よき心掛けだ。そなたは、これから名実ともに伊吹家の当主となる。お家の再興のためにも奮起せねばならん」

　宗太郎が型通りの訓を垂(た)れる。藤士郎は平伏して、それに答えた。

「はい。今のお言葉、確と胆に銘じて参ります」

「うむうむ。で、名を何とするかだ」

「は？」

「元服したからには名を改めねばなるまい。されど、伊吹家当主代々の名を名乗るわけにもいかぬしのう。なにしろ、斗十郎どのは罪人で、あ、いや、その」

　宗太郎が慌てて首を横に振る。

「ざ、罪人ではなく、その、斗十郎どのの潔白が明かされぬうちは御名を継ぐのは、その……む、無理があろうと言うておるのだ。いちど着せられた濡れ衣(ぎぬ)は剝(は)がすのが実に難しい。ほとんど見込みはないと……あ、いやいや、と、斗十郎どのの潔白が明かされぬわけがないと、わしは信じておるのだが……」

「宗太郎さま。お酒を召し上がるのはほどほどになさいませ。呂律(ろれつ)が回らなくなっておりますよ。やたら、無礼な物言いをなさるし。ええ、ほんとに無礼ですわ。せっかくの弟の門出でございますのに、お言葉が過ぎませぬか」

　美鶴に叱咤(しった)され、宗太郎は哀れなほどしょげかえった。天羽藩開闢(かいびゃく)のころから執政に名を連ねてきた名門の後嗣には、とても見えない。その分人間臭く、身近に感じる。今泉宗太郎の人の根は存外善良であるらしい。そして、まだ、離縁した女に未練心を持っている。

「美鶴、無礼なのはあなたですよ。いいかげんになさい」

茂登子の潜めた戒め声を背に、藤士郎は宗太郎の前まで膝行した。

「今泉さま、お尋ねしたい儀がございます」

「うむ、何だ？　申せ」

話が他に移ることに、宗太郎は心底から安堵したらしい。頬が緩む。

「今泉さまは、今、小姓組にご出仕なさっておられますな」

「そうだが……」

宗太郎の眼の中に警戒の色が浮かんだ。一旦緩んだ頬がまた強張る。今泉家は代々小姓組頭を務める。いずれ、宗太郎がその地歩に上るのは明らかだった。

「先日、江戸より殿がご帰国なされました。その後の城内の動きはいかがなものでしょうか」

「動き？　動きとは？」

宗太郎の黒目がうろついた。戸惑っているのだ。

「いつものご帰国とは違う動きなり、気配などがございましたか」

小姓組は主君の側近く仕えて警固と他行の供、雑用などを担う。藩主入城の後、その世話の一端を引き受けているはずだ。目に明らかならずとも、城内に漂う気の様子を感じ取れる場にいる。

宗太郎が顎を引いた。

「何故に、そのようなことを問う？」

「明日、城に参上するように言い付かりました。わたしにとって初めての登城となりますれば、恥ずかしながら心許ない気がいたしまして、今泉さまに城内とはどのようなものかお尋ねした次第です」

「おお、そうか。それはめでたい。元服届はわしから城に出しておこう。明日は晴れて、一人前の武士として堂々と登城できる。めでたいぞ、藤士郎」

美鶴が漆塗りの銚子（ちょうし）を取り上げ、宗太郎の盃（さかずき）に注（つ）いだ。

「お、まだ飲んでもよいのか、美鶴」

「この一杯だけ、よろしゅうございます。お飲みあそばせ、宗太郎どの」

美鶴は眉も皓歯（こうし）もそのままだったが、丸髷を結い茂登子から譲り受けた小紋を纏っていた。清々とした色香が零（こぼ）れる。宗太郎が軽く咳ばらいをした。

「正直申し上げまして、殿さまご帰国の最中です。宗太郎どのは多忙を極め、それを事訳に烏帽子親の件をお断りなさるかもと危惧しておりましたの」

「事訳などと……。わしが美鶴の願いを断るわけがなかろう。ましてや、藤士郎の元服の儀とあらば何を差し置いても駆けつけるに決まっておろう。まあ、なにぶんにも急な話であったから、それなりに苦労はしたがな。いや、美鶴のための無理なら少しも厭いはせぬぞ」

藤士郎はさらににじり寄った。

「それでは、今泉さまはわたしどものために、お役目を捨て置かれたわけでございますか」

「えっ？　あ、いやいやいや、そのような真似はしておらん。案じるには及ばぬ。たまたま、今日は非番であったのだ。思いの外、暇で……さほど忙しくはなくてのう。いや、それはつまり、わしが怠慢であるからではないぞ。実は、殿におかれてはご帰国後から二の丸に入られたまま、まだ正式なお出ましがないのだ。長旅のお疲れがたたり、お熱が高いとも聞いておるが。医者も側近も全て江戸から召し出した者が務め、わしらにお呼びがかからぬのよ。まあそうであるから、役目を果たしていないわけではないのだ。気に病むことなど何もない」

「さようでございますか」

二の丸は藩主の別邸だ。藩主吉岡左衛門尉継興が、そこにこもったまま出てこないと宗太郎は言った。本当に病であるのか、病を口実に表に出る刻(とき)を稼いでいるのか。どっちだ？　刻を稼いでいるとしたら何のために？　江戸表の藩士たちで周りを固めているとは、つまり、藩主は暗殺を恐れて国詰の者を近づけないということだろうか。

継興は前藩主の六番目の子として生まれた。母は数多(あまた)いた側室の一人で、さして身分の高くない武家の娘だと聞いた。天羽で生まれ天羽で育ち、上に二人いた兄が早世したために天羽藩十一代藩主の座に座ることになったとも聞いている。国元を何一つ知らないままの殿さまではないのだ。藩政改新の志は故郷への想いに裏打ちされているのかもしれない。しかし、国元の藩士を遠ざけたまま、秘密裏に政が変えられるわけがない。それがわからぬほど暗愚ではあるまい。

「はい、ここまでにいたしましょう」

美鶴が宗太郎の手から盃を奪い取る。

「この上、お飲みになると馬に乗れなくなりますわ。酔い潰(つぶ)れないうちにお帰りなさいませ」

「また、そのようなつれないことを。久々に逢うたのだ。ゆっくり語りたいと思わぬのか」

「一向に思いません。わたしは宗太郎どのの御身を案じておるのです。今泉のみなさまには内緒でお出でになったのでしょう。早くお帰りにならないと、あれこれ詮索されましてよ」

呼び出しておいてそれはないだろうと思ったが、美鶴の口元には妙に優しい笑みが浮かんでいた。眼差しも優しい。前の夫を邪険にしているわけではなさそうだ。

「美鶴、今泉さまからは貴重なお薬をたんといただいたのですよ。あなたからも、きちんと御礼、申し上げなさい」

「はい、母上さま、よくわかっております。宗太郎どののお薬は本当によく効きますもの。砂川には医者も生薬屋もございませんから、たいそう重宝いたします。今までいただいた物の中で一等嬉しい音物でございましたわ。宗太郎どのは小姓組への出仕より医の道を生業にされた方が向いていらっしゃいます。二日酔いのお薬はなかったようですが。ほほほ」

美鶴の笑い声が途切れた。宗太郎が低く呟いたからだ。

「できるなら、そうしたい」

「は？」

「おれは医者になって、ここで美鶴と暮らしたい」

「はぁ？」

「確かにそうだ。おれは城勤めなんか向いていないのだ。診療で人の顔色や舌の色を見るのはおもしろいが、城では上役の顔色を窺ったり、根回しをしたり、気を遣ったり……。疲れるばかりだ。できるなら致仕したい」


宗太郎の物言いも所作も、構えがくたくたと崩れていく。酒のせいばかりではなく、双眸が潤んできた。


「あらまあ、宗太郎どのったら何を仰せになりますか」

「美鶴、どうだろうか。おれが家も役目も捨てて医者になったら、また夫婦になってくれるか。ここで医者としておまえと生きていけたら、どれほど幸せかと思う」

「め、滅相もない。お家を何とされますか」

「弟がいる。まだ、十歳だが直に大きくなって、立派な跡取りになるさ」

「そんな、筍ではあるまいし二日や三日で人は育ちませんよ」

「美鶴、おれは励むから。名医となるべく研鑽を積むから、おれとの復縁を考えてくれ」

「まあ、お医者さままですって」

お由の大声が響いた。餅汁の椀を提げたまま、ふるふると頭を揺らす。

「砂川にお医者さまが住まわれるって、夢のような話でございますで。今までは、病人や怪我人は城下まで運ばねばならんだったで、手遅れになった者も、たんとおりましたが。村にお医者さまがいらしたら、どんだけ助かるか」

「そうかそうか。ほら、聞いたか、美鶴。みなが励ましてくれているぞ」

「お由さん一人ではありませんか。もう、いいかげんになさいまし。今泉家の長子が医者などになれるわけがございませんでしょう」

そうだろうか。たいそうな困難は伴うだろうがまるで無理だとは言い切れない。人はどこまでいっても人だ。人の範囲であるのなら、移ろうことはできるのではないか。武士でない者が武士となるのは至難でも、その逆ならどうだ。武士から武士でない者へと移る。意さえ定めれば存外、飛べるものではないか。

かつての義兄が酔いに任せて戯言を呟いたとは思えない。今のは、本気の吐露だった。家の格式を守ることを一義に、定められた枠内で日々を送り、果てていく人だと思っていた。夢話を現に変えたいと、足掻いているとは考えもしなかった。ここまで姉に惚れ込んでいるとも考えなかった。

武士も人だ。今泉家の長子も、おれも、天羽城二の丸におわす方も人だ。

藤士郎は大きく息を吸い、吐いた。

宗太郎は美鶴の手を握り、何かを盛んに訴えている。振り返れば、茂登子は幾世と笑い合い、お由は吉兵衛から大声を上げたことを叱られていた。慶吾は村の子どもと手遊びをしている。武士も百姓も町人も、みな人だ。人と人がぶつかり合い、結びついて、世が動く。

柘植。

ここにはいない男に胸内で語り掛ける。

公方(くぼう)さまであろうと天子さまであろうと、一人では世を動かせぬのだな。などと口にしたら、また甘いことをと笑うのか。おまえは誰かと結びつき、世を動かしたいとも変えたいとも望んでいないのか。

束の間、目を閉じる。人々の醸(かも)すざわめきが耳に響いてきた。旅の途中で聞いた海鳴りによく似ていた。

翌朝は霧が出た。

冬のこの時期、霧は珍しい。今年は天候が不順で気が塞ぐと、村の誰かが嘆いていいた。

「では、行ってまいります」

裃姿で姉と母に一礼する。二人は、藤士郎より低く頭を下げた。

「お気を付けて」

「行ってらっしゃいませ」

姉の面にも母の顔にも、憂いと不安が薄く浮かんでいる。

「それにしても、今日のあなたは本当に凜々しく見えます。中身は変わらないはずなのに、人って見かけに騙されるものなのですねえ」

美鶴がわざと場を茶化した。陽気な物言いで憂いも不安も隠してしまうつもりらしい。

「姉上とて、昨日はしとやかで楚々とした女人に見えておりましたぞ。あれこそが見かけに騙された口ではありませんか」

「まっ、憎たらしいことを。やっぱり中身は変わって」

美鶴が言葉を切り、息を呑んだ。双眸が大きく見開かれる。

藤士郎は足を踏みしめ、ゆっくりと振り向いた。振り向かなくとも、そこに誰が立っているかわかる。目の前を霧が流れた。

柘植左京が片膝をつき、僅かに頭を下げた。

「藤士郎さま、お供つかまつります」

「よせ。ひざまずいたりするな」

眉間に皺をよせ、かぶりを振る。

「おれとおまえは主従ではない。対々の間柄だ。それに、供ではなかろう。おまえにも城からの使者がきたのではないか」

「使者は参りました。しかし、城からの命に従う気はございません。わたしは、藤士郎さまの供として同行しとう存じます」

「まったくとことん素直になれんやつだな。ともかく立て。おまえに畏まられると、どうしてだか背筋が強張る」

左京が立ち上がる。いつも通りの出立だった。小ざっぱりとはしているが、木綿の小袖に袴姿だ。とうてい城に上がる格好ではない。

「左京どの」

不意に茂登子が動いた。左京の前まで歩き、低頭する。

「身勝手なお願いだと重々承知で申し上げます。どうか、藤士郎をお守りください」

左京が瞬きする。そして、半歩、後退った。左京の怯む様を初めて目にする。

「このとおり、どうかお願いいたします」

もう一度、さっきより低く茂登子の頭が下がる。美鶴も母に倣った。左京はさらに半歩、足を引く。

「なるほど、柘植にも勝てぬ相手がいるのだな。はは、安心したぞ」

「今、勝ち負けは関わりありますまい。それより、急ぎませぬと開門の太鼓が鳴るまでに間に合わなくなりますぞ」

左京がいつもより早口で促す。すねた子どものようで、おかしい。

「では改めまして、行ってまいります」

もう一度、出立の挨拶をする。

「母上さまと、お帰りを待っておりますよ。藤士郎、左京」

美鶴は二人を交互に見詰め、笑んだ。

「今日の夕餉を楽しみに帰っていらっしゃい。左京、いいですね。ここに帰ってくるのですよ。実際、あなたがいないと不便が多くて困るのです。姉を助ける気が少しでもあるのなら、ちゃんと帰ってきてくださいな」

「柘植、気を付けろよ。明日から姉上にこき使われるぞ」

左京は何も答えなかった。藤士郎とも美鶴とも視線を絡ませぬまま、横を向いている。

藤士郎は歩き出す。

城へ。

霧が身体に絡みつく。蛇のようにくねる。見上げた空に、糸のように細い青の筋が走っている。ほんの一筋ではあったが、分厚い雲の向こうに碧空(へきくう)があると教えてくれる色だった。

第三章　闇溜まりの花

雨が降り始めた。

それを感じる。

音を聞いたわけではなく、外の様子を窺ったわけでもない。通された座敷には窓がなく、窺おうにも術がなかった。まさか、座敷を出て確かめるわけにもいかない。

「雨、だろうか」

隣に座る左京に話しかける。話しかけはしたが、返事を望んだわけではない。独り言に近い一言だ。左京が応じるとは思ってもいなかった。だから、

「雨、ですね。先刻から降り始めたようです」

と答えが返り、さらに「霧の出た日は晴れると言われているのに、雨とは意外です」と続いたとき、少なからず驚いてしまった。目尻がいたくなるほど、両眼を見開いた程だ。

「何です？　わたしが何かおかしなことを申しましたか」

左京が僅かに眉を顰める。

「いや、おかしくはないが、まさか返答してくれるとは思わなかったものでな」

「あなたは話しかけておきながら、相手が返答したら驚くのですか」

「うむ、すまん。気分を損ねたか」

左京の眉間にくっきりと皺が寄った。

「五つや六つの童ではあるまいし、そう易く気分を損ねたりはいたしません。それにこれぐらいで一々むくれていては、あなたと一緒にはおられますまい」

「柘植、それはどういう謂だ」

「別にたいした謂などございませんが」

左京が右肩だけを軽く上げた。以前なら、小馬鹿にされたのかと腹を立てていた仕草や口調が今は、さほど気にならない。慣れたのか、左京が意味もなく他人を見下す性質ではないと知ったからなのか。

「なぜ、わかりました」

今度は左京から問いかけてきた。何を問われたかは解せない。首を傾げると、左京は食指を立て上に向けた。

「雨、です。ここは二の丸の奥で、雨の気配など届いてはこぬでしょう。なのに、なぜ、雨が降り出したとおわかりになりました」

「え、ここは二の丸になるのか。では、今、殿がおわす場所か」

「藩主がおるのはもそっと居心地のよい座敷ではございませんか」

「それはそうだろうな。床の間はあるのに花一輪飾っていない。殿がお越しになるには、そっけなさ過ぎる」

「確かに。窓もなく、障子もない。襖と壁だけの部屋、か」

左京の眼差しが天井あたりを巡る。まだ昼前のはずなのに薄暗い。その薄闇を見詰めながら、左京が呟いた。

「こういうところで人は死ぬのです」

「え？　何のことだ」

「能戸の屋敷にも、よく似た部屋がありました。外からの明かりも音も届かない奥まった一室です。むろん、中からの光も声も外に漏れたりはしません」

「そこで切腹を……」

「いいえ、腹を切るための場所は他にあります。あなたもよくご存じでしょう」

知っている。

父はそこで果てたのだ。白い砂利の上に白縁の畳が敷かれていた。真新しいものなのだろう。仄かに藺草が匂った。白木の燭台で蠟燭が燃えていた。蠟の香りがやはり仄かに漂っていた。もっとも、それらは全て後で思い起こしたに過ぎない。父に介錯を命じられたときから、頭の中は白く発光しほとんど何も受け入れられなくなった。しかし、吹き付けた風の冷たさは確かに覚えている。

閉じられた座敷内ではなく、風が通り空を仰げる庭が父の死に場所だった。

「では、こういう座敷で人が死ぬとはどういう」

口をつぐむ。唾を呑み込む。

「暗殺、か」

左京はほんの僅か顎を動かした。動かしただけで、黙している。

外から何も窺えず、内からは何も漏れてこない。人知れず人を屠るにはうってつけの場かもしれない。いや、うってつけになるように造作されたのではないか。

「おい、柘植。おれたちは暗殺されるのか」

「わざわざ城に呼び出しておいて、ですか。そんな面倒くさい真似を誰がするものですか。あなたを殺すなら、砂川村で事足ります」

「何でおれだけが殺される側になる」

「わたしは、城の者に殺されたりはいたしませんから。ともかく、藤士郎さま」

「何だ」

「暗殺はされずとも、厄介事に巻き込まれる見込みは十分にあります。ゆめゆめ油断なさいませぬように。魔窟に踏み込んだぐらいの心構えは要るかもしれませぬぞ」

「魔窟か。妙に納得してしまうな」

ここに来るまでいくつの門を潜っただろうかと、考える。


使者より言い渡された平石門の前に着いたとき、藤士郎は門前の人の多さに驚いた。城へはここと大手門からしか入れない。登城時刻となると相当の人出だろうと思ってはいた。しかし、その思惑を遥かに超える人の数だったのだ。城に参上する者、宿直を終え退出する者、それぞれに若党、槍持などの供揃えが従うから、まさに雑踏、人でごった返している。

ふっと、両国の広小路を思い出した。あるいは浅草寺の境内、そして日本橋界隈を。やはり人で溢れかえり、前に進むのにも苦労がいった。

でもまるで違う。

目に映る混雑ぶりは同じでも、まるで違うと感じた。何が違う？　どこが違う？

束(つか)の間(ま)考えて、ああと思い当たった。

色合いが違うのだ。両国や浅草寺は様々な人が行き交っていた。武士も商人も職人も百姓も、子どもも年寄りも、男も女もおよそあらゆる身分、立場の人々が交ざり合っていた。ここは一色だ。武家しかいない。雑多な人々が醸(かも)し出す猥雑(わいざつ)で、しかし生き生きとした気配がないのだ。当たり前といえば当たり前だが、城門前の風景をどことなく物足らなくも何かが欠けているようにも感じてしまう。

ともかく人の流れに乗って、門を潜る。二人に気を留める者は誰もいない。そのまま中の口まで歩いたとき、呼び止められた。

「暫(しば)し、待たれよ」

振り向くと、のっぺりした顔立ちの男が笑みを浮かべて立っていた。しかめ面(つら)の武士の群れの中で、目立つというか妙に浮いている。裃(かみしも)より商家の主(あるじ)の出立(いでたち)の方がよほど似合いそうな笑顔だ。左京が男から目を逸(そ)らし、横を向く。そして、小さく舌打ちの音をたてた。

「伊吹藤士郎どのと柘植左京どのでございますな」

「さようでござる。御命を受けて参上いたしました」

「大儀でござった。それがし、丹沢佐々波と申す。ご両人の案内役を申し付けられた者でござる。お見知りおき下され」

「お手間をかけ申す」

藤士郎が頭を下げたにもかかわらず、丹沢は礼を返さぬまま背を向け、歩き出した。

「何だあいつ。慇懃(いんぎん)なのか無礼なのか、よくわからんやつだ」

「なかなか癖(くせ)のある御仁(ごじん)です。どう転んでも、我らの方人(かたうど)にはなりますまい」

「さっき舌打ちしたな。あの男を前々から知っているのか」

「先日、能戸の屋敷にやってきました。横目付の配下だと名乗っておりましたが」

「横目付……」

丹沢が足を止め、ちらりと振り返る。抉(えぐ)るような鋭い眼差しだった。

「なるほど、これから楽しいことが待っているわけではなさそうだな」

「今更、思い知りましたか」

左京が右肩を上げた。藤士郎も倣(なら)ってみる。あまり様にならないなと自分で思い、少しおかしかった。

新たな門を潜り、橋を渡り、また門を潜る。潜るたびに人数は少なくなり、最後の門では、三人だけになっていた。土塀に挟(はさ)まれた坂道を上り、石段を下る。

まるで、迷路のようだ。

一国の主君とは、こんなたいそうな場所に住んでいるのかと驚く。塀やら門やらに幾重（いくえ）にも取り囲まれて城奥に鎮座している。それでは、何も見えまい。町中の賑（にぎ）わいも、百姓の暮らしも、藺草田を渡る風の音も匂いも、人々の呻（うめ）きも嘆（なげ）きも、喜びも見えないし、聞こえない。

と口にすれば、左京はどう返すだろうか。

嗤（わら）うのか、知らぬ振りをするのか、案外さらりと「そう思うなら、あなたが藩主を引きずり出せばよいではありませんか」と言い捨てるのか。

「ここで差料は預かり申す。腰軽になって上がられよ」

三間幅ほどの上り口の前まで案内し、丹沢は不意に告げた。

「それがしの役目はここまででござる。城内は他の者が案内いたす」

上り口からは長い廊下が続いている。そこからは、また別の男が案内役を務めるようだ。おそらく、城郭の場所によって携（たずさ）わる役職が違うのだろう。

面倒臭い。多くの門や、ややこしく折れ曲がる道は城の体として納得もするが、人までややこしい使い方をしなくてもよかろうにと思う。しきたりや礼儀作法も入用（いりよう）だが、囚（とら）われすぎると人を縛る。固く縛られ、強張（こわば）ってしまえば倒れるしかないではないか。

　廊下を行きながら、左京相手にぼそぼそとしゃべった。

「仰せの通りかもしれません。ただ、案内人が横目付の役目の範囲なのかどうか、些か怪しゅうはございますが」

「あ、言われてみればそうだな。なぜなんだ」

「確かめたのでしょう」

「確かめた、何を？」

「あなたが本物の伊吹藤士郎かどうか。むろん、わたしも」

「何のためにそんなことをする」

「確かめて、本人でなければ斬り捨てよ。そう命じられていたのかもしれません」

「だから、何のためにそんな用心をせねばならんのだ」

「どれほど用心をしてもし過ぎることのない用件で我らを呼び出した、からでしょうか。あなたの言う通り、楽しいことが待ち受けている見込みは皆無、ですね」

　案内の男が振り返り、僅かに眉を顰めた。左京との囁きを耳にしたらしい。随分と聡い。

「ここからは、余計な口は控えていただく」

でっぷりと肥(こ)えた男は頰(ほお)の肉を震わせて、首を振った。

それから幾度も廊下を曲がり、しばらく歩き、窓のない部屋に通されたのだ。


城内とは魔窟だと、左京は言った。

確かにと頷(うなず)ける。

政(まつりごと)の何を、城内の何を知っているわけではないが、気配ぐらいは感じ取れる。得体の知れない気配だ。人の思惑や欲、信念、意地、面目、保身の念、様々なものがうねりぶつかり異形(いぎょう)をなす。鵺(ぬえ)とはその異称かもしれない。

「まだ、答えていただいておりませんが」

左京が呟く。

「答え？」

「雨です。何故(なにゆえ)、降り出したとおわかりになりました」

「あ、まあ、何となくだ。少し湿った気を感じた。それだけだが」

「ここにいて、外の気を感じ取ったのですか」

左京が僅かだが眉を上げた。本気で驚いたらしい。

「ふふ、柘植に驚かれるとはな。何だか気持ちいいな。しかし、柘植はどうして雨がわかったのだ。蛙が教えてくれたわけでもあるまい」

「雨の気を感じました。かなりの降りです」

藤士郎は思いっきり顔を顰めて見せた。

「柘植、前々から言おうと考えていたのだが、おれをからかって喜ぶのはやめろ」

「あなたをからかっても楽しくも嬉しくもありませんよ。たまに、おもしろくはありますが」

左京の口元が一文字に結ばれた。黒眸が廊下側にちらりと動く。藤士郎も気付いた。

足音が近づいてくる。たった一つだ。

足音は部屋の前で止まった。寸の間もなく、襖が開けられる。

「久しいのう。伊吹、柘植」

伏せた頭の上から陽気な声が降ってきた。

「堅苦しい挨拶はいっさい無用。顔を上げよ」

藤士郎はゆっくりと身体を起こした。

側用人四谷半兵衛は、小袖に袴という姿で上座に座っていた。左京と同じく上衣は着けていない。小袖もいたって質素なものに見えた。裃姿の自分の方が場違いに感じられる。

「脱藩した身で故郷に戻れたのは、殿の恩情あればこそじゃ。それを忘れるな」

「はっ」

と畏まりはしたが、忘れていた。というより、恩情だとは考えていなかった。

「どうだ、久方ぶりの天羽は。のんびりとできたかの」

「おかげさまを持ちまして、穏やかには過ごせました」

と、藤士郎が答えた後、左京が続けた。

「わたしといたしましては、このまま穏やかに過ごさせていただきとうございますが」

半兵衛がふんと鼻を鳴らした。口元に薄笑いが浮かぶ。

「そうもいくまい。いかぬから、そなたたちを呼び出したのだからのう。そういう望みは抱かぬがよいぞ、柘植」

空模様を告げるような何気ない口調だ。

今度は左京が鼻を鳴らした。

「四谷さま」

藤士郎は上座に向かって膝を進めた。半兵衛が心持ち、顎を上げた。

「お尋ねしたき儀がございます」

　下位の者が許しも得ず上位の者に問いかけをするのは法度に触れる。承知の上で、天羽藩江戸側用人ににじり寄る。

「控えよ」

　半兵衛の叱咤の声がぶつかってきた。眼差しも鋭く刺さってくる。

「己が分を弁えよ。無礼は許さぬぞ」

「無礼を働く気は毛頭ございません。ただ、藩政改新の道筋を四谷さま、いや、殿におかれましてはどのようにお考えなのか」

「控えよと言うておる。そなたの身分で、畏れ多くも殿のご意向を問うとは言語道断ぞ」

「多くの者が亡くなりました。天羽でも江戸でも」

　藤士郎は背筋を伸ばし、膝に手を置き、藩主の側近を真正面から見詰めた。

「石田という荷改め役の藩士をお忘れではありますまい」

「石田……ああ、藩邸の奥でわしに斬りかかってきた賊のことか」

「賊に仕立て上げられたのです。石田どのの起こした刃傷沙汰を四谷さまは津雲家老たち重臣を追い落とす道具の一つとなさる、そのおつもりであったでしょう。つまり、石田どのは、政争に巻き込まれ、利用され、命を散らしたのです」

石田だけではない。五馬だけではない。五馬が刺客となり葬った下村平三郎もそうだ。藤士郎たちに山中で襲いかかってきた追手たちもそうだ。藤士郎の知らぬところで、さらに多くの命が失われていただろう。そして、これからも失われ続けるのか。

「あい、わかった。散った命を無駄にするなと言いたいのであろう。言われずとも、ようわかっておる。人の命を無下にする気など毛頭ないのだ。だからこそ、藩政改新を急がねばならぬと思うておる」

「改新のあかつき、天羽はどのような地にあいなりましょうか」

さらに前に出る。一瞬、半兵衛の黒目がうろついた。

「何だと?」

「恐れながら殿におかれましては、天羽をどのように変えていこうとお考えなのでしょうか。藩政改新とやらが、ただこれまで政の要にいた旧臣らを追い落とすだけのものであってはならぬはずです。それでは、散った者が浮かばれませぬ」

五馬のはにかんだ笑顔が、石田の俯いた横顔が、下村の目を見開いた死に顔までもが閉じた瞼の裏を過っていく。

かたり。脇息の倒れる音がした。目を開ける。半兵衛が立ち上がっていた。右手に握った扇子がわなわなと震える。

「この、愚か者が。どこまで出過ぎた口を利くか」

出過ぎた口、確かにその通りだ。役にも就いていない身が、いや、どのような役職であっても覚悟なく問い質せるものではない。藩政改新は藩主の存意なのだ。この場で斬り捨てられてもしかたない振る舞いだった。

しかし、聞いたのだ。砂川の村人たちの話を聞いてしまった。元服の儀の後、祝いに集まってくれた村人に餅や茶を振る舞った。今泉家というより宗太郎が、祝儀にと樽酒を運んできてはくれたが、百姓たちは年始と秋の祭の日以外の飲酒は禁じられていた。飲んだ者はむろん振る舞った者も厳しく咎められる。首を落とされることすらあるのだ。

それでも村人たちは、普段口にできない餅を喜び、藤士郎の門出を言祝いでくれた。宴と呼ぶには細やかすぎる集まりの折、藤士郎は砂川の蘭草について吉兵衛や村人から津雲家老や川辺次席家老の勲を耳にしたのだ。

砂川に蘭草の栽培を奨励し、田畑の整地や開墾に尽力したのは若き日の津雲弥兵衛門であり、蘭草の品々を天羽の産物として育てたのは、これも若き川辺陽典だというのだ。

「津雲さまや川辺さまには恩があります。お二人は力を合わせて、砂川、いいや、天羽のために働いてくださった、そういう時期も確かにございましたで」

吉兵衛はそこでため息を一つついて、黙り込んだ。

故郷の地を豊かにするために、民が餓えることなく生きて、暮らしが立つように為政者として共に励んだ日々が、二人にもあった。と、吉兵衛は告げているのだ。それがなぜに反目し、敵となり、互いに各々の勢力と財を肥やすことのみに偏っていったのかと嘆いてもいる。

津雲と川辺は親子ほど年が違う。時代を分け合い損なった、引き継ぎ損なった為政者たちは否応なく政争の渦に巻き込まれていくのか、自ら渦を作り出してしまうのか。藤士郎には窺えない。窺えないから不安なのだ。藩主の目指す新政がどこに向いているのか。その道筋を確かめたいと逸ってしまう。天羽に生まれ、天羽に育った主君が天羽の地にもたらすものの片鱗なりと摑みたい。

民は政に関われない。大方の武士も関われない。命を懸けて直訴するしか手はないのだ。命じられたままに散る道しか選べないのだ。だからこそ、政を司る者の責は重い。重くなければ理が通らぬ。

「分を弁えぬ痴れ者が」

半兵衛が大きく手を振った。首の付け根をしたたかに打たれた。指の先まで痺れるほどの強い一撃だ。扇の骨は鉄ではないものの硬い木を使っている。扇ぐためというより、他人を打ち据えるための道具なのかもしれない。

半兵衛がもう一度扇を振り上げた。藤士郎は腹に力を込め、背筋を伸ばし次の一撃を待った。言いたいことは言わせてもらった。覚悟はできている。

「どこまで図に乗るか」

扇が風を切って唸る。人の気配が動いた。

ばきっ。木の折れる音と共に小さな木片が一つ、二つ散った。

「柘植……」

左京が片膝をついたまま、藤士郎の前に腕を差し出している。曲げた肘のやや上に当たった扇は二つに折れて、紙一枚で辛うじて繋がっていた。

「邪魔立ていたすな。そなたには関わりない。控えよ、柘植」

「そうも参りませぬ」

左京は腕を引き、膝に手を置いた。

「わたしは伊吹家に仕えております。伊吹家のご当主たる藤士郎さまをお守りするのは、家臣の務めでございますゆえ」

「柘植の者が主を持つと言うか」

「御意」

半兵衛は寸の間左京を見詰めた。それから、嗤う。唇がめくれ、短い息が漏れた。

「おまえは能戸の牢屋敷の守り人であろうが。それより他の何者にもなれはせぬ。ならば、おとなしく己の本来の務めを果たすがよい」

半兵衛は折れた扇を左京めがけて投げつけた。左京が僅かに身じろぎする。扇は頬を掠めて飛び、畳の上に転がった。

「避けおったか。どこまでも小癪な若造だの」

半兵衛の口調はすでに凪いで、冷めていた。その口調で告げる。

「柘植の家の役目とはすなわち、藩の闇と汚濁を引き受けることである。日の下に、表に出てこずともよいのではないか」

ふふとまた、嗤笑する。

「土竜は土竜。どう足掻いても獅子の真似はできまいよ」

藤士郎は立ち上がり、こぶしを握り締めた。

「四谷さま、いいかげんになされませ。あまりの申されよう、聞き捨てておけませぬ。我らを愚弄するために、今日、ここに呼び出されたのなら、我らに留まる故はございません。これにて失礼つかまつる」

「ここは城内ぞ。好き勝手に退出できると思うておるのか」

「どこであろうと、帰らせていただきまする。愚弄されながら畏まるなどできませぬゆえ」

「伊吹、座れ。わしも座す」

半兵衛は倒れた脇息を戻し、腰を下ろした。

「藤士郎さま」

左京が袖を引く。藤士郎を見上げ、目配せする。

藤士郎は気息を整え、口元を一文字に結んだ。さらに袖が引かれる。

「わかった。座ればいいんだろう、座れば」

立ち上がったときよりやや緩慢な動きで端座する。半兵衛が笑った。今度は苦笑のように見えた。藤士郎は顎を引き、奥歯を噛みしめる。

「おまえの主はなかなかの一徹者のようだの、柘植」

「仰せの通り。些か融通が利かぬところが悪目かと存じます」

「は？　おい、柘植、何を言っている」

「伊吹、一つ、問う」

　半兵衛の声音が心持ちだが張り詰めた。

「なぜ、避けなかった」

　扇の一打のことだ。確かに、あえて受けた一打ではあった。が、そこに、半兵衛が気付いていたとは思わなかった。

「分を過ぎた物言いは重々、承知しておりましたゆえ。四谷さまのお怒りを甘んじて受けねばならぬのは当然かと」

「ほお、なるほど。承知の上での申し立てか。では、柘植」

「はっ」

「なぜ、一打目で主を庇(かば)わなかった。扇が刀であれば伊吹の首は落ちておったぞ」

「扇は扇であり、刀ではございません。藤士郎さまには打たれる覚悟がおありでした。それなら、主の意に従うべきであろうと考えました」

「では、なぜ二打目を庇った」

「半兵衛さまのお戯(たわむ)れが過ぎるからです。主の過言を戒(いまし)めるなら一打で十分。それに扇が壊れ、万が一にも首筋に刺されば命取りにもなります」

　左京の一言に、藤士郎は思わず転がった扇に目をやった。骨組みの折れ口は確かに尖り、人の肉ぐらい容易に刺し貫きそうだ。

「なるほどの。筋は通っておるな」

半兵衛は二度、浅く頷いた。それから、長い息を一つ吐き出す。

「伊吹、柘植。そなたたちに頼みがある」

側用人の声音は別人かと紛うほど低く、掠れた。

「ある者を討ってもらいたい」

左京と目を見合わす。左京は眉一つ動かさなかったが、藤士郎は思いっきり顔を顰めてしまった。口の中に嫌な苦みが広がる。唾を呑み下しても、消えない苦みだ。

「四谷さまは、我らに刺客になれと仰せなのですか」

苦みに耐えながら問う。

「そうだ」

短い答えが返ってきた。苦みがさらに強くなる。

「詳しい話をする。聞け」

「いえ、聞かずともよろしゅうございます」

藤士郎は、膝に置いた手に力を込めた。半兵衛に打たれたあたりが鈍く疼く。たぶん、熱を持って赤く腫れ始めているのだろう。

「どのようなお話であろうと、お断りいたします」

「断る？　伊吹、これは命であるぞ」

「四谷さまは先ほど、頼むと仰せになりました。いえ、御下命であっても従うわけにはまいりませぬ」

命に従えば誰かを斬らねばならなくなる。誰であっても、藤士郎には斬る謂れはない。

「伊吹、殿は本気じゃ。民のために天羽の政を変えたいと望んでおられる」

先刻の藤士郎の問いに対する、答えだろうか。半兵衛の表情は引き締まり、頰には血の気がなかった。喉仏が上下する。

「殿のお命が狙われた」

「え？」

「御膳の汁物に毒が盛られておったのよ」

一瞬、絶句してしまった。吸い込んだ息が塊になる。呑み込むのに苦労がいった。

「幸い殿のお命に障りはなかった。ただ、毒見役が一人……」

「亡くなったのですか」

「その場で死にはせなんだ。一時、我を忘れ、狂うたように暴れ始めたのよ。声を荒らげたことなど一度もない男が大声を上げ『殺す、殺す』と喚き続け、あまつさえ、取り押さえようとした者の耳に嚙みつき、耳朶を裂いた。殿の御前ゆえに無腰であったからよかったが、刀を佩いていればどうなっていたか」

〝その場で〟の一言が引っ掛かる。懸念が眼差しに滲んでしまったのか、半兵衛が眉間に皺を寄せた。

「昨夜、自害して果てた。己の狂乱を恥じ、詫びての切腹だ。しかし、毒見役に非は非ず」

「それはつまり、人を狂乱させるような毒を殿に……」

「しかり。命を奪うのではなく一時狂人に仕立て上げる。そういう毒薬が使われた」

「何のために、そんなことを」

暗殺に一分のまっとうさもないが、古来邪魔な相手を取り除く手段とされてきたのは事実だ。が、殺すのではなく狂わせるとなると、何のための企てなのか見当が……。

「え、まさか」

見当がついて、藤士郎は小さく叫んでいた。口の中が一息に乾いていく。夜陰に紛れて襲うのも卑怯の極みだが、このやり方はあまりにも陰湿、卑劣だ。およそ、人の所為ではない。怒りよりも不気味を感じる。左京の言う通り、城内は魔窟なのか。人のままでは生きられない。息が痞えるような心地がする。砂川の枯れ葉の匂う風が懐かしかった。

半兵衛の視線が藤士郎から外れ、束の間さ迷い、また戻ってくる。

「そのまさかだ、伊吹。重臣どもは殿のお振る舞いを狂わし、藩政を乱し、殿を所業紊乱の咎で幕府に訴え出る。そして、ご隠居に追い込む。そういう筋書であろう」

「馬鹿な。それではお家騒動ではございませんか。下手をすれば所領没収、除封となり天羽そのものが滅びますぞ」

「やつらは焦っておるのだ。おまえたちが御蔭に託した書簡、江戸藩邸での一件等でぎりぎりに追い詰められておる。滅びるのなら天羽ともどもと考えたのかもしれん。いやむしろ、そこに己たちが生き残る唯一の道を見出したのであろうな」

「追い詰めたのなら、なぜ、一気に決着させませぬ」

半兵衛の胸倉をつかみ、揺さぶりたい。天羽は武士だけで成り立っているわけではないのだ。藩を支える多くの民がいる。田畑を耕し作物を生み出す百姓が、様々な品を作り出す職人が、それらを売りさばく商人が、道を作り、家を建て、溝を浚い、魚を獲り、獣を追い生きている人々がいる。

祝いに来てくれた砂川の村人一人一人の顔が脳裡を過っていく。

お家騒動。所領没収。天羽藩取り潰し。

おれは、おれたちはそんな結末のために命を懸けたのではない。

「一気にできるなら、決着させたかった」

半兵衛が息を吐く。本気なのか芝居なのかはわからないが、苦し気な吐息だった。

「しかし、津雲にしろ川辺にしろ長きにわたって藩政の要に座っておった。根は深く食い込んでおる。それを掘り起こし、断ち切るのは思うていた以上の大仕事だ」

その根がことごとく腐っていたわけではない。吉兵衛たちの言う通り、善政を為して民を救い、潤した一面もあるのだ。藩民の中には津雲を慕い、川辺を傑物と仰ぐ者もかなりいる。為政者としての二人の手腕を認める武家もおそらく、相当数いるのだろう。生きた根が張っているのなら、そう容易くは引き抜けない。

「四谷さまのお考えが些か甘かったわけですか」

「その通りだ」

半兵衛はあっさりと、藤士郎の辛辣な問いを肯った。

「わしが甘かった。藩政を壟断し、諍い続けておる執政たちなど人心はとうに離れておるだろうと高を括っておったのだ。それが、そうばかりではなかった」

「……わたしの住んでおります村の世話人が、藺草田の開墾や藺草織の広敷について二家老に恩があると申しておりました」

「うむ。藺草については確かに功がある。が、しかし、長い年月政権を握り続け、己が意のままに動かしてきた。その悪弊は取り除かねばならぬ。やつらは思い上がっておるのだ。殿にかわって天羽を好きにできると。殿のご威光を何と心得ておるのか」

半兵衛の手が己の膝をぴしりと打った。こめかみに青筋が浮き出ている。

「確か、殿のご生母は郷方廻りの下士の娘でありましたな」

ぼそりと左京が呟く。半兵衛の眦が吊り上がった。

「重臣たちにはご生母の出自から殿を見くびる風が、あるのやもしれませんな。早世された兄君二人のご生母は、名門の武家の出であり」

「柘植！　口を慎め。殿を貶める物言いは許さぬぞ」

怒声が響く。半兵衛の青筋はさらに膨れ上がり、頤は細かく震えた。

「貶めてなどおりませぬ。ご生母が郷方廻りの娘だからこそ、殿は天羽を故郷とお感じなのではありませぬか。ここで生まれ、ここでお育ちになった。下々の苦労も、下士の暮らしの苦しさも知っておられるでしょう。それこそが賢君の資質かと存じます」

　半兵衛が顎を引く。そこはもう震えてはいなかった。

「主が主なら臣も臣か。好き勝手にほざきおる。ともかく、事は急を要す。殿の御身に万が一のことがあれば、天羽の行く末は閉ざされたも同然。何としてもお守りせねばならん。そのために、おまえたちを呼んだのだ」

　藤士郎も顎を引いた。背筋を伸ばし、目の前の相手を見据える。

「殿を守るために刺客になれとの仰せでしょうか」

「まさに」

「津雲、川辺両家老を討てとのご命令でございますな」

「いや、違う」

　これもあっさりと今度は否まれた。

「殿はそのようなことを望んでおられぬ。あくまで、非を問い、不正を正し、致仕、隠居を促す。むろん、禍根は全て断つ。老齢の津雲はむろん、川辺も二度と政の舞台には上がらせぬ。それが殿のご所存だ」

「では、誰を討てと……」

　と問うてから、藤士郎は唇を噛んでしまった。問うてはならなかった。何も問わぬまま、ここから出て行くべきだった。傍らで、左京がため息をついた。

「此度の藩政改新の動きを察し、津雲と川辺は手を結び殿に対そうとしておる。先ほど申したとおり殿に所業紊乱の汚名を着せようと企てておるのよ。そのために、今宵、江戸に向けて密使を放つとの報せが入った」

「まことですか」

「まことだ。物見の者によると三人の密使がそれぞれ別の道筋から江戸に向かう」

「その密使とやらは、お上への上訴のために遣わされるのですか」

それなら、あまりにも時期尚早だ。藩主継興の所業紊乱を訴えるだけの事実はないのだ。

「わからぬ。だから用心したい。密使たちが携えているはずの密書を手に入れたいのだ。本物の密書を持つのは一人。残り二人は囮であろう。が、だれが囮なのか本物の密使なのかがわからぬ。畢竟、三人をそれぞれに調べるしかない。が、我らには手が足らぬ。追手となれば相応の腕がいる。返り討ちに遭っては元も子もないゆえにな。だから、おまえたちに助力を乞う。密使を討ち、密書を奪ってもらいたい」

今度は助力を乞うと、きた。

願意、命令、倚藉。半兵衛の言葉は僅かながら形を変え、迫ってくる。懐柔されているようにも脅されているようにも感じる。

どちらにしても断る。どれほどの事由があっても、斬るために人を追ったりしない。もう、たくさんだ。

同じではないか。

血が滲むほど唇を噛みしめていた。口の中に苦みに代わって血の味が広がる。首の鈍い疼きがどっどっと音を立てているようだ。

五馬を刺客に仕立て上げた重臣たちと、この側用人も同じだ。人を駒(こま)としてしか見ない。見えない。しかも、捨てて惜しくない駒だ。命のない駒として使い捨て、顧(かえり)みない。気持ちが沈む。新しい政とやらの姿が揺れて、崩れて、煤(すす)けていく。

左京がまたため息をついた。前と同様に、わざとらしい長い吐息だ。その後、

「密使を討ち、密書を奪う。要はそれだけのことでございますな。それだけのことを告げるのに、随分と刻(とき)と手間をかけられましたな」

冷えた声で言う。明らかな嫌みだ。

「刻をかけねば説得できまい。一徹者と捻(ね)じれ者が相手だからのう。すんなりとこちらの意に沿うてくれるとも思えなんだ。わしとしては腹を割って話したつもりだが、いかがなものか」

「しかし、とどのつまり、我らに刺客の役を担えと命じられただけでございますな」

半兵衛が眉を顰める。左京の露骨な物言いが癇に障ったのか、障った振りをしているだけなのか。

「脱藩はなかったこととして処する。伊吹は今でも藩から禄を食んでおるのだ。天羽藩の家臣だ。家臣であるならば、主の命に従うのが武士の道ぞ。今更、言わずともわかっておろう」

「道が間違っているのなら、進むわけには参りません」

藤士郎は答えた。五馬は従った。従って、苦しんで、散った。この道に踏み込むなと、身命を賭して教えてくれたのだ。友の命は主命より重い。骨身に染みた想いだ。

ふっと胸に影が差した。なぜか嫌な汗が滲む。

「伊吹、風見慶吾という者を知っておるか」

声が出なかった。腹の底がかっと火照る。それなのに、顔から血の気が引いて、冷えていくのがわかった。

慶吾？　なぜ、慶吾がここに出てくる？

「……知っておりますが、その者が何か？」

「密使の一人に入っておる」

喉の奥が震えた。声が出ない。息もできない。耳の奥に、どくどくと血の流れる音が響いた。身体が熱い風に膨れ上がったような気になる。

慶吾は昨日、夕闇が迫る前に母の幾世ともども帰っていった。その少し前に、土間の隅で吉兵衛を相手に内緒話を交わしていた今泉宗太郎を、美鶴が引きずるようにして、馬に乗せていた。

「宗太郎さま、しっかり手綱をお持ちあそばせ。転がって、怪我をしてしまいます」

「ああ、いっそ動けないほどの怪我人になろうか。そうすれば、もう少しここにおられる」

「馬鹿なことをおっしゃって。口取りの若党に笑われますよ。馬にも笑われます。いいかげんに諦めて、さっさとお帰りなさいまし」

「美鶴。おれはおまえを諦めたくないのだ。おれは医者になるぞ。今泉の家など捨てて惜しくないぞ。なあ、そしたらもう一度夫婦になってくれるな」

「はいはい、わかりました。わかりました。お約束いたします。妻として、医師今泉先生のお手伝いをいたしましょうね。わかりましたから、もうお帰りなさいまし」

美鶴の手が馬の尻を叩いた。鬣を揺らし、葦毛の馬が歩き出す。

「みつるーっ。真だぞ。今の言葉、真だぞーっ」

幾度も振り返りながら去っていく宗太郎の姿に、慶吾は唸っていた。

「何ともたいした執着だな。そこまで美鶴さまに惹かれているわけか」

と、唸りながら感心していた。元服は来月。額にはまだ前髪が残って、風に弄られていた。

そう、慶吾は風見家の屋敷に帰った。帰って、今日は……どうしている？　道場に顔を出したか、塾に通ったか。城に上がるべく、励んでいるはずだ。

それが、密使？　ありえない。何のことだ？

「風見さまは、まだ元服前。しかも、まだ出仕しておられぬはずですが。飛びぬけた剣士でもございません。そのような若者を密使として江戸に遣わすのですか」

左京が何の表情も浮かべぬまま、僅かに首を傾げる。

「津雲たちが何を本意として密使を選んだかはわからぬ。目途そのものも明らかにはなっておらぬ。ただ、三人の藩士が江戸に向かったのは事実。わからぬなら、わからねばならぬ。手をこまねいて、見過ごすわけには参らぬからのう」

「ならば、その密書とやらを手に入れればよいわけですか」

「そうだ。が、容易くはあるまい。相手も、死に物狂いで守ろうとするであろうからな」

左京が視線を向けてくる。

「藤士郎さま」

視線が絡む。藤士郎は、深く首肯した。立ち上がる。

ぐずぐずしている暇はない。

「風見慶吾は我々が追います。お任せください」

他の追手を向かわせたりさせない。五馬は救えなかった。慶吾まで奪われてたまるものか。

半兵衛が背後から告げてきた。

「よいな。全て隠密になせ。人目についてはならんぞ」

知るかと思う。今はただ、慶吾の身が案じられるだけだ。

廊下を走る。ここが二の丸のどこに当たるかわからないが、静寂が重い。全身にのしかかってくるようだ。自分の足音だけが四方に響いている。

上り口には丹沢が控えていて、抑揚のない声で伝えてきた。

「慌てずともよろしかろう。まだ、宵には幾分、間がある」

「風見の屋敷に行く。平石門まで、急ぎ案内していただきたい。丹沢どの」

軽く肩を竦め、丹沢は足早に歩きだした。焦れながら、その後に続く。

「おぬしは誰を斬るのだ」

不意に左京が口を開いた。丹沢が僅かばかり振り向く。

「おぬしも刺客を命じられておるのだろう。誰を割り当てられたのだ」

丹沢が目を細めた。唇がめくれる。酷薄な笑みが現れた。

「知らぬ。我らは命じられたことを命じられたように為すまでのこと。斬れといわれれば、斬ればよい。相手の名など知らずともよかろう。能戸の屋敷では、そうもいくまいがの。名も罪状も全て知らされるによって。ふふ、どちらにしても、やることは同じだ。殺せばよい」

左京が、薄く笑い返した。やはり、どこまでも酷薄に見える。丹沢は瞬きし、視線を逸らした。藤士郎は空を見上げる。

日は中天にあるはずだ。が、わからない。

ぶ厚い雨雲が一面に広がっている。

雨は今の一時、止んだだけのようだ。足元には水が溜まり、坂道では褐色の流れとなっている。

濃灰色の空は不穏だ。剣呑な何かを隠しているようでも、災いを抱えているようでもある。

慶吾。慶吾。慶吾。

友の名を呟く。胸の内だけの呟きは行き場のないまま、藤士郎の内を巡った。

第四章　空を仰(あお)ぐ

風見家は武士町の西外れにある。百石から三百石取りまでの家格の家が並ぶ一画だ。風見家は慶吾の父が若くして他界したため家禄を半減され、無役のままおかれている。慶吾が元服(げんぷく)すれば、正式に風見家の当主と認められるはずだった。慶吾の母幾世は、夫の死後、息子の出仕と風見家の復禄だけを望みとして、懸命に生きてきた。その懸命さは、ときに息子への叱咤(しった)や小言に変わり、慶吾をうんざりさせる。

「志操堅固(しそうけんご)なのは勝手だが、やいのやいのと毎日尻を叩(たた)かれるのはこっちだ。やっておられん」と愚痴(ぐち)り、「あの鬼婆(おにばば)」と罵(ののし)る。幾世に声の届かない場所でのみ、だが。

確かに、幾世には融通のきかぬ一面や厳格が過ぎる嫌いがあった。しかし、藤士郎たち伊吹家の者が、砂川村に領内所払いを命じられ、家移りを余儀なくされたとき、駆けつけてくれたのが幾世であり五馬の母、きちだった。損得勘定でなく、忖度(そんたく)でなく、昔、恩を受けた相手に報(むく)いたい、その一念が、女たちの心意気が藤士郎には眩(まぶ)しかった。人として生きる手本を一つ、見せてもらったと思っている。

風見の屋敷には、その幾世と二人の奉公人しかいなかった。

「まあ、藤士郎さま。どうなされました。今日はお城にお上がりではなかったのですか」

息を乱して飛び込んできた藤士郎に、幾世が目を見張った。風見家の門の下だ。幾世は何をするでもなく、そこに立っていた。

「幾世どの。慶吾は……慶吾は、おりますか」

息子の名前を聞いたとたん、幾世の面（おもて）に影が走った。

「慶吾はおりませんのよ。昨夜から……」

「昨夜？　では、砂川村から帰り、また、出かけたわけですか」

「戸部（とべ）さまからご使者がきましたの。もう夜四つは過ぎていたと思いますが」

「そんな刻限に使者が？」

幾世の顔つきがさらに曇った。

「はい。わたしもおかしいとは思ったのですが、戸部さまのご使者でしたから、拒（こば）むわけにも参りませんでねえ」

「戸部さまとは？」

「戸部宇涯さまです。亡き夫の上役に当たり、慶吾の烏帽子親もお引き受けくださいました。今は勘定組頭を務めておられますの」

名を聞いても役職を聞いても何一つ明らかにならない。

「何故の呼び出しか、使者は申しましたか」

「いいえ……。火急の用ゆえすぐに参られよとそれだけでした。慶吾もわけのわからぬまま、ご使者についていった次第です」

幾世が息を呑み込む。眼の下に薄く隈ができている。息子を案じて、おそらく一睡もできなかったのだろう。ふくよかな頬もかさついて、心持ちやつれている。

「昨夜遅く呼ばれて、今に至るも帰宅していないということですか」

「……そうなのです。実は、わたしも些か奇異に感じまして、先刻、戸部さまのお屋敷に人を遣わしたところです。間もなく帰ってくるはずですが……」

門の下に佇んでいたのは、その使いを待っていたのだろうか。

藤士郎と左京は顔を見合わせた。

おれたちも待つしかないか。しかし、待っていていいのか。待つだけでいいのか。

「幾世さま、幾つか、お願いの儀がございます」

左京がその場に膝をつく。幾世が瞬きした。そうすると、本来の質である愛嬌が零れる。

「藤士郎さまに短袴をお貸し願えませぬか」

「短袴？　あ、はい。それはよろしゅうございますが」

「それと、馬の用意をお頼みできましょうか」

幾世が瞬きを繰り返した。今度は愛嬌ではなく、戸惑いと怯えが揺れる。何のために短袴と馬がいるのか、何のために二人の若者が訪ねてきたのか、幾世は問うてこなかった。ただ、戸惑いと怯えの混ざった眼差しを一瞬、向けただけだ。

「わかりました。すぐにご用意いたします。客間にお上がりください」

幾世は目を伏せ、唇を結んだ。


裃を脱ぎ捨てると、身体が軽くなった。背筋も伸びる気がする。しかし、それを心地よいと感じる余裕はなかった。左京の配慮に感心するゆとりもない。

ただ、慶吾のことだけが気がかりだった。

幾世が使いに出したのは、義作という中間だった。長く風見家に仕えている奉公人だ。その義作が帰ってきたのは、四半刻ほど後だった。

その姿を見たとたん、幾世が絶句した。

額(ひたい)も目の縁(ふち)も腫(は)れて赤黒く変色している。口の端(は)からも血が滴(したた)っていた。

「戸部さまは、使者を出した覚えなどまったくないとおっしゃるのです」

義作は無残な顔で告げた。

「まさか……」

幾世の頬から血の気が引いていく。頤(おとがい)が細かく震える。

「……そんな、そんな馬鹿な。ご使者は……確かに、戸部さまからだと……。おまえ、ちゃんとお尋ねしたのですか」

ややあって、絞(しぼ)り出した声は上ずって、掠(かす)れていた。義作が低く呻(うめ)いた。

「やつがれも何度もお尋ねしました。戸部さまに直(じか)にお確かめいただくようお願いもしました。そうしたら……寄ってたかって……」

殴られ、門前に放り出されたというのだ。

幾世がその場にしゃがみ込んだ。肥(こ)えた丸い身体が瘧(おこり)のようにわななく。

「では、慶吾は……慶吾は、どこにいったのです……どこに……」

「幾世どの、馬をお借りいたします」

藤士郎は門前に繋(つな)がれた鹿毛(かげ)に飛び乗った。左京の馬も鹿毛だ。ずんぐりとした四肢の馬は先黒の尾を振って、嘶(いなな)いた。

「藤士郎さま」

幾世が駆け寄って、鐙にかけた足に縋りついてくる。

「慶吾を、慶吾をお頼みいたします。どうか無事に連れて帰ってくださいまし」

「むろんです。お約束いたしますゆえ、暫しお待ちくだされ」

手綱を握り締める。

むろんだ。何があっても、慶吾は連れ帰る。政争の渦から救い出してみせる。

「はっ」腹を蹴ると、鹿毛は一瞬身震いし、駆け出した。

「どちらに参られます。当てはあるのですか」

左京が横に並ぶ。

「できるなら戸部という勘定組頭の屋敷に乗り込みたいが得策ではないな」

「愚行の極みです。その屋敷に風見どのがいるかどうか定かではないのですから」

「それくらいわかっている。闇雲に突進するほどガキじゃない」

馬の足を緩める。

戸部の屋敷に慶吾がいる見込みは、五分。何者かが亡父の上役の名を騙り慶吾を連れ出したかもしれず、戸部宇涯が関わっていたとしても既に他の場所に移されているやもしれない。迂闊に動けば騒ぎを起こしただけに終わり、慶吾に指先すら届かないままになる。

「いかがいたします」

左京が重ねて問うてきた。

「密使は三人だったな」

「側用人はそう申しましたな。確かかどうかはわかりませぬが」

馬を止め、藤士郎は道の先に目をやった。

「おそらく間違いあるまい。使者は三手に分かれて江戸に向かう」

「なぜ、そのように言い切れます」

「天羽から出る道筋がざっと三本、あるからだ。一つは天羽街道。つまり藤間宿を抜けて峠を越える。先だって我らが通った道だ。二つ目は藤間宿の手前で街道を外れ、峠を迂回する。天羽街道が造られる前に街道として使われていた古道になる。三本目は山越えだ」

天羽を出るとき、藤士郎と左京は山を越えた。その道だ。道といっても道はなく山を分け入って進むしかない。天羽を出るための道のりとしては、これが一番短くはある。

「なるほど。それで、風見どのがどの道を通るか推し量れますか」

「おそらく、古道だと思う」

「何故に？」

まるで口頭試問だなと、嫌みを言いたくなる。が、言葉にすれば曖昧だった思案が纏まり、明白になることもある。それくらいは心得ていたから、思いのままに語ってみた。語れば聞いてくれる相手がいる。それは、心強いことだった。

「以前、慶吾の父方の祖父が古道近くに隠居所を構えていたと聞いた覚えがある。慶吾はその祖父さまが好きで、幼いころよく遊びに行っていたそうだ。国境近くまで古道を歩いたこともあると言っていた」

「なるほど。ある程度はその辺りの地に通じているわけですか。しかし、何を尺度として密使に選ばれ、どの道を行かされるかわかりませぬ。風見どのが己の意思で道を選べるかどうか怪しいかと思われますが」

言われてみればその通りだ。何であろうと、慶吾に決定の権は託されないだろう。命じられたままに従うしかないのだ。

「ではどうする？　おれとおまえと、二手に分かれて探るか」

一人足らない。山越えの道は諦めて街道と古道に回る。それしか、ないか。

「いや、ご一緒いたします。わたしの役目は藤士郎さまをお守りすることに尽きますゆえ」

「いつの間に、そんな役目を担ったのだ。おれは命じた覚えはないぞ」

何であれ左京に命じられる立場ではないし、守ってもらいたいとも望んでいない。

「茂登子さまからの御命令にございます」

どうか、藤士郎をお守りください。

母は左京に向かって、深く頭を垂れた。

「あれは命令などではない。頼みではないか」

と口にして、気が付いた。

左京はたぶん、茂登子の懇願を受け取りかねているのだ。理屈ではない母親の情をどう扱えばいいのか戸惑い、命令にすり替えた。その方がずっと従い易いのだろう。

意外に不器用なやつだ。

他人との間合いの取り方も、悶着への対し方も、事の進め方も巧妙で見事で、藤士郎など及びもしない。そこは認めるしかなかったから、左京が垣間見せた不器用さがおもしろかった。慶吾のことがなかったら温かな心持ちになれたかもしれない。微笑めたかもしれない。

今は無理だ。頬は強張ったままで笑みなど作れない。

落ち着かねばと自分を叱る。乱れていては思案は浮かんでこない。

「それに藤間宿ではさっさと消えてしまったくせに、守るもないだろう」

気持ちを抑えるために、あえて苦口をついてみる。

「あのときは茂登子さまからの御命令はありませんでしたから。それに、あなたに危害が及ぶ見込みも、ほとんどなかったでしょう」

「今度はあるのか」

「ないと考えるほど呑気にはなれません。あなたもそこまで能天気ではありますまい」

そうだ。慶吾や自分たちの行く末が安閑だなどと、僅かも思えない。むしろ、剣呑な騒擾の気配に満ちているではないか。

「なぜ、慶吾なのだろうか」

呟いていた。なぜ、慶吾が使者に選ばれてしまったのか。そのわけが解せない。左京が四谷半兵衛に問うた通り、元服前の無役の若者を引っ張り出す意図が摑めないのだ。

「係累が少ないからではありませんか」

意外にも、左京から答えが返ってきた。

「え？　係累？」

「風見どのの係累は、母御お一人。小うるさい親類縁者はおらぬのではありませぬか。まして、出仕前、元服前の若者なら上役や同僚がいるわけでもない。不意に消えたとて、気に掛ける者の数は知れておりましょう。騒ぎ立てられて事が大きくなる心配はいらぬ、というわけではありますまいか」

「不意に消える……」

以前の藤士郎なら左京に本気で憤っていただろう。胸倉を鷲掴みにしていたかもしれない。あまりに露骨、あまりに不情な物言いだと。

しかし、今はそんな気は微塵もわいてこない。馬上にいるからではない。左京の言葉にはどろりと粘る真実が含まれている、と解しているからだ。重臣たちからすれば、慶吾は人ではない。使い捨てて構わない道具だ。駒だ。そこに人に向けての情も配慮も働かない。慶吾も自分も左京も砂川の村人たちも同じだ。使えるときは重宝に使えばいい。用がなくなれば捨ててしまえばいい。壊れようと、砕けようと知ったことではないのだ。

怖けがする。寒けもする。悪心も覚える。

「……慶吾は密書など持っていない」

自分のものとは思えない嗄れ声が零れた。

「ええ、十中八九、白紙の書状を持たされているでしょうね。風見どのの気性や剣の腕の程からすれば本物の密書を託されるとは考え難いですから。囮役に使われる見込みが高い」

左京の口調は変わらない。淡々と冷えている。熱く滾るものより、静かに冷えているものの方が他人には伝わり易い。そういう場合もある。多々ある。左京から学んだことの一つだ。

「古道に参りましょう。風見どのがどこにおられるか、わからぬのです。待ち伏せするしか手はありません」

「古道だと言い切れるのか」

左京なら何かを摑んでいるのかもしれない。慶吾を救う術を知っているかもしれない。しかし、そんな甘い望みはたちどころに一蹴された。

「言い切れるわけがないでしょう。しかし、ぐずぐず悩んでいる暇も調べる刻もない。あなたの勘を信じるしかないのです。一か八か、古道に向かいましょう」

寸の間だが身体が凍ったような気がした。

一か八かと左京は言った。つまり、これは博奕なのだ。どう転がせばどんな目が出るか、見当がつかない。それでも賽を投げる。

賭かっているのは、慶吾の命だ。負けるわけにはいかなかった。

馬を駆る。風がぶつかってくる。湿って重い風だ。

まもなく、雨がくる。また、雨がくる。

先刻の降りで十分にぬかるんだ道を泥水を撥ね上げながら、ひたすら走る。

遠く天羽の山々は、稜線を鈍色の雲に隠していた。

道は中途まで石畳が敷いてあった。

降り始めた雨に濡れたせいか、やけに滑る。上り坂に入ってからは余計に踏ん張りがきかなくなった。歩き難い。

慶吾は息を吐き出した。これで、何度目のため息だろう。吹き降りてくる風よりも湿った吐息だ。重苦しい。吐いているのに、身体の中に溜まり重石に変わっていくようだ。では、堪えればいいのだろうが、ついつい零れてしまう。

これ、慶吾。武士の子がため息などつくものではありません。みっともない。

母の叱責の声が聞こえてくる。いつもは鬱陶しいことこの上ない叱り声に胸が締め付けられる。懐かしささえ覚えてしまう。

おれは、生きて母上に逢えるんだろうか。

不安が胸を過る。もう何十回となく過り続けているのだ。そのたびに気分は沈み、頭の隅が鈍く疼いた。涙さえ滲む。正直、怖くてたまらない。逃げ出せるものなら逃げ出したい。懐の奥に押し入れた書状を捨てて、風見の屋敷に逃げ戻りたい。

できるわけないか……。

無理やり笑ってみる。脚に力を込め、坂道を上る。

できるわけがない。そんなことをしたら、何もかも終わりだ。出仕の話も、風見家の再興もなくなる。消えてしまうのだ。与えられていた禄さえさらに削られ、暮らしは困窮する。母の嘆き悲しむ姿が眼裏に浮かんできた。

いや、そうでなくても、出仕や家のことに関わらなくても、慶吾に逃げることも拒むこともできはしなかった。

戸部宇涯の使いだと名乗った武士は、表情というものがほとんどなかった。血の気のない蛇を思い起こさせる顔つきをしていた。それだけで怖じけるには十分だったが、駕籠が用意してあったことにさらに驚き、怯えてしまった。

戸部の屋敷には盆暮れ、年始の挨拶に何度も足を運んでいる。ゆっくり歩いても四半刻もかからないだろう。急ぎ走れば、その半分で行きつける。

わざわざ駕籠を？　戸部は勘定組頭を務める。慶吾からすれば雲上の人だ。半ば諦めながら頼み込んだ烏帽子親に諾の返事がきたとき、母がどれほど喜んだか。童に戻ったかのようにはしゃいでいた姿を思い出す。その雲上人がわざわざ駕籠を寄越した。何事だ？

疑念がわいた。疑念はすぐに不安に変わる。

駕籠に揺られ、慶吾は悪酔いしてしまった。身体よりも心の揺れに気分が悪くなるのだ。

駕籠から下りた場所が戸部の屋敷なのかどうか、慶吾には判断できなかった。いつもは玄関先で挨拶するだけで奥に入ったことは一度もなかった。が、駕籠が止まったのは、奥庭の一隅らしい玉砂利の上だったからだ。通された部屋にも、当たり前だが見覚えはない。ただ、現れた人物は戸部宇涯に間違いなかった。病を疑うほど痩せて、青白い顔をしている。見場に反して声は朗々とよく通り力強かった。その声を潜め、くぐもらせ、戸部は言い渡してきた。

これから渡す書状を江戸まで運べと。

江戸の通旅籠町にある搗米屋に届けろというのだ。

「出立は明日の夕刻になる。が、家に帰ることはまかりならん。出立まで、この屋敷内におれ。わかったな」

仰天した。わかるわけがない。畏まりましたと返事ができない。

「し、しかし、通旅籠町と申されましても、わたしは江戸の町など西も東も皆目見当がつきませぬが。それに搗米屋は一軒や二軒ではございますまい」

「だからだ。これから場所を教える。ただし地図や所書きは一切渡さぬ。頭の中に叩き込め」

「い、いや、戸部さま、お待ちください。あまりにも急なお話ゆえ頭が付いていけませぬ。暫しのご猶予をくだされませ」

「慶吾」

名前を呼ばれた。戸部から呼ばれたのは初めてだ。挨拶の折は、若党が手土産の品を受け取るだけで戸部本人と顔を合わせることも言葉を交わすこともない。名を呼ばれたのは、今が初めてではないだろうか。

「これは、そなたにとっての好機なのだぞ」

戸部が身を乗り出す。青白い面に笑みが浮かんだ。

「好機、でございますか」

「そうだ。詳しくは言えぬが、この使命を果たすは大きな手柄ぞ。そなたは出仕前に名を上げたことになる。畢竟、出世の道も開けるというものだ。願ってもない機会だぞ」

それはつまり、断れば全ての道は閉ざされるという意味だろうか。そもそも、断ることができるのか。断って無事に家に戻れるのか。何が何だかわけがわからない。が、自分が密使の役に選ばれたこと、ひどく剣呑な事態に追い込まれてしまったことぐらいは察せられる。

「わしがそなたを推した」

戸部が笑みを浮かべたまま告げてくる。

「名は言えぬが、さるご執政から大切な書状を秘密裏に託せる者はおらぬかと相談にあずかってな、誰よりも先にそなたの名が浮かんだ。この任を首尾よく果たせば出仕に際し、たいそうな利となろう。風見家の再興も夢ではない」

両手をつき、平伏する。

「……と、戸部さまのご恩、まことにありがたく、伏して御礼申し上げまする」

「うむ。そなたが励んでくれれば、わしとしても推した甲斐があるというもの。慶吾、頼むぞ」

「ははっ」

脚が震えた。もう逃れられない。知らぬ間に雁字搦めにされている。

「うむ、頼もしいことだ。亡き父も草葉の陰で喜んでおろうな。これで風見家は安泰だと」

戸部がかかと笑う。その笑声は天井の闇に吸い込まれていった。

江戸に着いてどこを訪ねるのか、総髪の男から教え込まれた。ともかく地図を頭に入れておけと言う。その男が何者なのかわからない。

路銀と手形と弁当と書状一通。それだけを持たされた。用意されていた旅装束に身を包み、来た時と同様に駕籠で運ばれた。もしや、風見の家に帰れるのでは、母に別れの一言ぐらい伝えられるのではと心が逸ったが、下ろされたのは武士町の外れ、家とは正反対の川土手だった。ここを真っ直ぐ半里ほど歩くと、天羽街道に出る。出てすぐに東に折れ、古道に繋がる細道を行くのだ。世がまだ戦国であったころ、本道として人や物が行き来した道であるらしい。今は苔むした石畳が続き、半ば草に覆われている。雨に濡れて、草々の緑は猛々しくぎらついていた。

昨夜からの震えはいっかな治まる気配がなかった。

背負った荷より懐の書状が重い。

おれはどうなるんだ。何でこんなところを歩いてるんだ。

ふっと五馬の死に顔が思い出される。刺客に仕立て上げられた友の顔だ。一見、穏やかでも安らかでもあった。けれど胸中はどうだったのか。巻き込まれ、流されるしかない己の定めを嘆きも怒りもしたのではないか。無念の思いが渦巻いていたのではないか。

そうだよな。死にたくなんかなかったよな。あんな死に方をするために生まれてきたんじゃないものな。死ぬには……死ぬには若すぎたよな、五馬。

口の中に湧いた生唾を呑み込む。軽い眩暈がした。

おれも五馬と同じ目に遭う？

背筋が凍り付くようだ。脚の震えがひどくなる。

何でおれなんだ。どうして、おれじゃなければならないんだ。

迫り上がってくる叫びを辛うじて抑える。

藤士郎。

もう一人の友に語り掛ける。生き抜いて帰ってきた男だ。

藤士郎、助けてくれ。怖いんだ。怖くてたまらないんだ。おまえ、城に上がって何をしてる？　もしかして、もしかして……おまえも同じように巻き込まれたんじゃないのか。

かぶりを振っていた。頬を伝う汗が滴になって散る。

違う。藤士郎なら、あいつなら、流されたままになんかならない。納得できないものに唯々諾々と従ったりしない。

空を見上げる。

捩れ盛り上がり墨の塊を思わせてどこまでも、雲は黒い。そのせいか、いつもよりずっと日暮れが早いように感じられた。濡れた石畳は油断するとてきめん、足を取られ転びそうになる。また、ため息が出た。

藤士郎のように強くなれたら。自分を信じられたら。負けずにいられたら。

おれには無理だ。とうてい真似できない。

項垂れそうになった顔を無理やり上げて、もう一度、天を仰いだ。雨雲の暗さが記憶を引きずり出す。五馬の言葉が思い出された。

「藤士郎は強い。おれなんか及びもつかないほど、強い」

五馬が言った。手に金槌を握っていた。

藤士郎たちが領内所払いになり、砂川村に移り住む日のことだった。伊吹家の面々より一足先に砂川に行き、転居先の百姓家を掃除、修繕していた。五馬の父は郷方廻りの役人なので、村々の事情に精通している。「砂川村預けになるのならあの家しかないが、人が住むためには手を入れた方がいい」と息子に伝えたのだ。五馬に誘われ一も二もなく、引き受けた。

藤士郎たちが着く前に少しでも家の埃を払い、傷みを直す。それくらいしかできなかった。

「他に何の力にもなれんよなあ」

少し軋む板間を拭きながら、独り言のように呟いた。その呟きを捉え、五馬は「大丈夫だ」と答えを返してくれた。

「大丈夫って、うん、そりゃあ見た目は大丈夫そうだが……。あいつ、強がりだから無理してんじゃないかと思ってな」

カン。五馬の槌が釘を打つ。

カン、カン、カン。

ぐらついていた棚がしっかりと定まった。板そのものは古いが、五馬が丁寧に汚れを拭きとっているのでみすぼらしくは見えない。

「無理はしてるだろうな。無理をしなくちゃ静心は保てないだろう」

棚の具合を確かめながら、五馬も独り言に近い小声で応じた。

「だよな。あいつ、意地っ張りだし、美鶴さまや茂登子さまを支えなければなんて気負ってるだろうし、潰れなきゃいいけどな」

人生のあまりに過酷な変転に、当人でない慶吾さえ目が眩む。まともに立っていられない気がする。渦中にいる藤士郎がどれほどの重荷に耐えているか。それを思えば、いたたまれなかった。床を拭くぐらいしか能のない自分が情けない。

五馬が金槌を握って、振り向く。雑巾をゆすいでいた慶吾を寸刻、見詰める。そして、大丈夫だと繰り返した。五馬らしい静かな口調だった。

「藤士郎は強い。おれなんか及びもつかないほど、強い」

剣の話ではない。剣の腕なら、藤士郎は五馬に勝てない。

「慶吾」

「何だ」

「強くありたいな」

おまえは十分強いではないか。その一言を呑み込んでしまった。五馬の横顔が妙に歪んでいたからだ。それこそ、背負いきれない重荷を括りつけられている者の歪みに見えた。

「五馬……」

「あ、いや。藤士郎のことだ。こんなことに負けはしないさ。そろそろ到着するころじゃないか。おまえ、門のところまで様子見に行ってこいよ。おれは、床の穴を塞いでおくから」

一瞬でも歪んだ顔を恥じるのか、五馬は床に膝をつき、屈みこんだ。

五馬も戦っていたんだな。

刺客に仕立て上げられた自分の定めと戦っていた。その戦いに苦しんでいた。今更、気が付いても遅すぎる。骨身に染みてわかっているけれど、気が付くのにこまで掛かってしまった。

五馬、おれはどうなるんだろうな。藤士郎みたいに強くもなれず、おまえのように戦い続けられない。おれ、苦しみたくないんだ。痛い目に遭うのも、辛い目に遭うのも怖いんだ。死ぬのはもっと怖いんだ。だから、五馬、守ってくれよ。守ってくれ。

ざわり。頭上の木が風に揺れた。水滴が落ちてくる。木々の枝の向こうに、小さな青紫の隙間が見えた。目に染みる鮮やかな青紫だ。雲が僅かに切れたのだ。それはすぐに押し寄せる雲の波に呑まれて消えてしまったけれど、慶吾の脳裡にはしっかりと刻み込まれた。

慶吾、大丈夫だ。おれたちがついている。

束の間の天色が伝えてくれる。五馬の励ましだ。

慶吾は大きく頷いた。気息を整え、前に進む。

行くしかない。ともかく行くしかない。大丈夫だ。五馬が見守ってくれている。

自分に言い聞かす。

ぽつり。頬に水の粒が当たった。木々から滴ったのではない。雨だ。また、雨が降ってきた。慶吾は笠を被る。今日、何度目かの吐息が漏れた。

しだいに強くなる雨の中を黙々と歩く。石畳が一旦切れて、赤茶色の土がむき出しになった山道に変わる。四半里ほど登れば、また石畳が敷かれているから、この間だけ誰かが剝ぎ取ったらしい。最前の雨でぬかるんだ土の上を、幾筋もの細い流れができていく。その流れを踏み潰しながら、慶吾は一歩一歩足を前に出した。

うん？

立ち止まる。また石畳が始まる少し手前に百坪ほどの空き地がある。かつては番小屋があったと聞いたが、今は礎石だったと思しき平石が残るだけだ。それも、半ば草に埋もれている。その空き地で二頭の鹿毛が、雨に濡れながら草を食んでいた。鞍をつけている。

え、何でこんなところに馬がいるんだ？

そういえば泥濘の中に馬蹄に似た跡が残っていた。さして、気にもしなかったが。

息を整え、目を凝らす。馬の陰から二つの影が現れた。一つが足早に近づいてくる。薄闇と雨に邪魔されて、確とは姿を捉えられない。心の臓が縮む。

待ち伏せされたのか。

もっと用心すべきだった。馬蹄の跡を不審に思うべきだった。

しかし、動悸はすぐに治まった。その走り方に見覚えがあったのだ。右足を僅かに引きずっていながら、力強い。

「藤士郎」

笠を脱ぎ捨て、慶吾も走り寄ろうとした。が、踏み出した足が滑った。「うわっ」そのまま前のめりに倒れそうになる。腕が伸びて身体を支えてくれなければ、顔面から泥濘に突っ込んでいただろう。

「慶吾、何をやっている。しっかりしろ」

顔を上げると、藤士郎が目の前にいた。頬を額を鼻筋を雨が伝っている。

「す、すまん。走ろうとしたら滑ってしまって、危うく転ぶところだった」

「今の話をしてるんじゃない。何で逃げなかったんだ」

藤士郎の両手に肩を摑まれる。揺すられる。歯が鳴るほど強く、揺すられる。

「言っただろう。逃げろって」

「あ……うむ」

少しでも剣呑な気配を感じたら、逃げろ。役目とか家とかに縛られずに逃げ出せ。確かに忠告された。おかげで随分と気が楽になったのだ。それなのに無にした。ぐずぐずと思い悩み、逃げる機会を逸してしまった。

「今からでも遅くはない。諦めるな」

雨脚が強くなる。濡れそぼりながら、藤士郎が見詰めてくる。

「ここからすぐに引き返すんだ。帰ろう、慶吾」

「け、けど、おれ、江戸に届けるものが……」

思わず胸を押さえていた。その手を乱暴に払われる。がら空きになった懐に藤士郎が腕を突っ込んできた。叫ぶ暇もなかった。命を懸けて運べと手渡された書状は、あっさり抜き取られていた。

「あ、ば、馬鹿。返せ。それは大切な」

「大切な何だ」

「……知らん」

嘘ではない。上質の紙に包まれた書状の中身が何なのか、慶吾は一切知らない。戸部が一言も語らなかったからだ。語るつもりなど端からなかったのだろう。

「でも、大切な、たいそう大切なものだと言われたんだ」

「そんなものを無造作に懐に入れていたのか。油紙で包みもせずに」

藤士郎に握られた書状が雨に打たれ、濡れていく。慶吾は泣きそうになった。

「藤士郎、返してくれ。中身が何であっても、おれ、それを届けなきゃならんのだ」

「中身なんて、ない」

「え?」

藤士郎は引き裂くように書状を開いた。折り畳まれた紙を取り出し、慶吾の前に突き付ける。口が丸く開いた。雨が入り込んできた。そんなわけもないのに、ひどく苦いと感じた。

「これは……」

紙は白く、一筆の跡もない。雨粒だけが何もない面に歪な染みを作っていた。

「おまえはただの囮だ」

吐き出すように藤士郎が告げた。いつもの柔らかさも温もりもない。突き放した口調だ。

「わかってたんだろう、慶吾。自分は囮だと感付いていたんだろう」

「……薄々とは。おれみたいな頼りない者に密書なんて託すわけがないものな」

認める。感付いてはいたのだ。わかっていた。あえて、目を逸らしていただけだ。

「藤士郎、怒ってるのか」

「当たり前だ。怒髪天を衝くというが本当に髪が逆立っている」

「いや、そんなことないぞ。ちゃんと、納まっている」

「馬鹿！　たとえ話をしているんだ」

藤士郎の怒りは本物で、熱い波になってぶつかってくる。慶吾は身を縮めた。

「それって……おれに腹を立ててるんだよな」

「そうだ。囮だと感付いていたくせに、逃げる道を選ばなかった。唯々諾々と従いやがって。馬鹿野郎。草葉の陰で、五馬がどれだけ心配してるか考えてみろ」

「う……そうは言われても、逃げるにも胆力がいるんだ。おれにはそれがなくて……」

「幾世どのがおれに縋ってきた。慶吾を頼むって、な」

いつの間にか下を向いていた。顔を上げる。藤士郎の視線が絡んできた。

「戸部の屋敷に使いを出して、突っぱねられたんだ。おまえのことなど知らんとな。幾世どのの取り乱し方は無残だったぞ。おまえの身を案じて今にも倒れそうだった」

「母上が」

母にとって自分はたった一人の肉親であり、たった一つのよすがだった。それを重いとも鬱陶しいとも思っていた。なのに、今は恋しい。恋しくてたまらない。

母の許に帰りたい。目の奥がじわりと熱くなった。

「おまえには腹が立つ。けどな、もっと腹立たしいのはおまえを密使に仕立てたやつらだ」

藤士郎の声はもう落ち着いていた。ゆっくりと、静かに伝わってくる。それが、かえって抱える怒りの深さを示していた。

燃え盛る情動より静かに抑えられた情意の方がはるかに激しいことが、ある。

さほど長くは生きていないが、解しているつもりだ。

「でも、ともかく無事でよかった。この道を通ってくれてほっとしたぞ」

藤士郎は安堵の息を漏らし、振り向いた。

「おれたちは、賭けに勝ったってわけだな、柘植」

後ろに立っていた柘植左京が身じろぎをした。それで、慶吾はやっとそこに人がいたと察した。べつに、隠れていたわけではない。闇に紛れていたわけでもない。なのに、慶吾には、その人物が藤士郎に呼びかけられて初めて、草木の間から滲み出てきたと感じた。

「勝敗を判じるのはまだ早いようですが」

柘植が抑揚のない口調で答えた。

「むしろ、ここからが面倒です」

「そのようだな。三人いるか」

「四人です」

えっと声を上げていた。二人とも慶吾の肩越しに、今しがた上ってきた泥道の先を見ている。草が生い茂り、雑木がまばらに生えている場所だ。そこから、影が四つ滑り出てくる。

「お、おれ、あとをつけられていたのか」

総毛立つ。さっきの藤士郎ではないが、全身の毛が天へと立ち上がり、肌を引っ張るようだ。ちりちりした痛みを慶吾は生々しく味わった。

雨がさらに強くなる。まともに目を開けていられない。意外なほど近くで雷鳴が轟いた。

柘植が前に出る。半歩、遅れて藤士郎も影に向かっていった。

雨が簾(すだれ)となり、視界を遮(さえぎ)る。簾の向こうで影が動く。さほど激しい動きには見えなかった。掛け声や叫びもほとんど聞こえてこない。ただ一度、藤士郎のものらしい気合が短く響いただけだ。泥濘を踏み荒らす足音のみが雨音を突き抜けて伝わってくる。

「ぐわっ」

濁った悲鳴がした。人の倒れる音が二度続いた。微(かす)かに異臭が漂(ただよ)う。血の臭いだ。

「藤士郎」

慶吾は雨を突いて、飛び出した。空に稲光が走る。刹那(せつな)、光が地上を明るく照らし出した。藤士郎が抜き身を握ったまま立っている。雨の向こうに男たちが姿を消そうとしている。藤士郎も柘植も追う素振(そぶ)りは見せなかった。

藤士郎、無事か。

慶吾が問う前に、柘植が口を開いた。一息遅れて雷鳴が鳴る。腹にずんと響く音だ。

「お怪我(けが)は？」

「ない。擦(す)り傷も負わなかったぞ」

「なるほど、腕を上げられましたな、藤士郎さま」

「まあな。伊達に場数は踏んでいないってところか」

藤士郎は拭った刀身をゆっくりと鞘に納めた。

ほんとだ、随分と強くなった。

慶吾は佇んだまま友の姿を眺めていた。藤士郎からは幾つもの修羅場を潜ってきた者の、揺るぎない凄みが滲んでいた。

「慶吾、馬に乗れ」

藤士郎が顔に降りかかる雨を拭う。

「おまえの後ろには刺客がいたんだ。むろん、何の役にも立たない。江戸だの役目だのと言っている場合じゃない」

「け、けど、どうして刺客なんか？　おれを殺して書状を奪うためにか」

「違う。それはおれたちが命じられた」

「え？　何のことだ」

「今は話をしている暇はない。柘植、慶吾を砂川村まで送り届けてくれ」

「わかりました。美鶴さまには真実をお伝えしてかまいませぬか」

「かまわぬ。姉上ならよしなに計らってくれる。慶吾、早く柘植の後ろに乗るんだ」

「おまえはどうするんだ。それに母上は」

「おれは幾世どのに事情を伝える。万が一を考えて、風見の屋敷を一時、出てもらおう。おれが砂川までお連れするから案じるな」

束の間迷いはしたが、慶吾は頷いた。

「藤士郎、母上を頼む」

「うむ、心配はいらん。おまえの無事も伝えておく。柘植、後は任せるぞ」

「承知」

藤士郎が鹿毛の一頭にまたがる。泥水を撥ねながら、瞬く間に遠ざかっていった。

「藤士郎、大丈夫かな。さっきの男たちと遭いはしないか」

「案じなくてもよろしいでしょう。四人とも手傷を負っております。刃向かう余力など、どこにも残ってはおりますまい」

その手傷を負わせた本人であるはずだが、柘植の口調はまるで他人事だった。

「さあ、参りましょうか。馬なら一気に五治峠を越えられます。このまま、濡鼠になっているわけにもいきません。急ぎましょう」

柘植が身軽に馬上に飛び乗る。慶吾もその後ろに座った。鹿毛が胴震いする。鬣から水滴が四方に散った。雨は肌着の中まで染み込んで、熱を奪う。寒い。

「柘植どの。これから……この先、どうなるのだろうか」

おそるおそる問うてみる。この先、どうなるのだろうか。慶吾には見当がつかない。つかないから怖い。嫌な予感しかしないのだ。

「わかりません」

にべもない返事だった。慶吾も含めて他人の行く末など、何の興もないのだろうか。それにしては慶吾のためにこんな雨の中を駆け、刃を交わすことまでしてくれた。何を本位に動いているのだろうか。

ともかく礼を言わねばと思い至った。何がどうなっているのか解せないけれど、藤士郎と柘植に救ってもらったのは確かだ。二人が現れなければ、刃傷沙汰に巻き込まれて命を落としていただろう。泥道に血塗れで倒れている自分の姿が妙に生々しく浮かぶ。

寒けが増す。身体の芯まで凍えてしまいそうだ。

「あの、柘植どの。まことにかたじけなく」

慶吾が言い終わらないうちに、馬が駆け出す。慶吾は慌てて、柘植の胴にしがみついた。よく鍛えられた硬い肉の手応えがする。

礼など無用というわけか。

柘植は馬の扱い方も巧みだった。城下に入らず、岨道を抜け、五治峠に向かう。

「あ、そう言えば」

峠の登り口に差し掛かったとき、ふっと思い出した。

「藤士郎の穿いていた短袴、あれ、おれのだったな」

「それが気になるのですか」

独り言のつもりだったから、柘植が応じてくれたことに驚いた。少し嬉しくなる。

「いや、あまり似合ってなかったなと思って」

柘植の肩が微かに上下した。笑ったのだろうか。

頭上の空を稲光が裂いた。枯れ葉が風と共にぶつかってくる。小枝も交ざっていた。もはや嵐に近い。馬は横風に耐えながら、峠道を駆ける。

嵐はいつか収まる。ならば、このわけのわからない事態もいずれは収束するだろうか。してほしい。代わり映えしない、けれど穏やかな日々がいとしい。昨日まで確かに手の中にあったものが、今はない。空手だ。

そうか、藤士郎はこんな思いを何度も味わったんだな。

確かと信じていたものがあっけなく崩れる。大きな力によって覆される。何も知らぬまま、知らされぬまま濁流に投げ込まれる。

そんな驚愕を、悲嘆を、困惑を乗り越えてきたのか。

馬の蹄が蹴り上げた小石が耳元を飛び過ぎた。身を縮め、慶吾は祈るように目を閉じた。

囲炉裏の火が燃えている。自在鉤に吊るされた鉄鍋から香ばしい湯気が上がる。中身は根菜と蒟蒻のごった煮だった。雉肉も入っている。伊吹の家にいたころから、美鶴は料理が好きで、よく台所に立っていた。口うるさい縁者からは、「上士の娘が賄い仕事に精を出すとは何事だ。下女にでもなるつもりか」と眉を顰められもしたし、露骨に咎められもした。が、美鶴は気にする風もなく、嬉々として包丁を握っていたものだ。砂川に来てから奉公人に頼れない暮らしの中で、また、限られた材料しか使えない中で、美鶴なりに工夫して母や弟の腹を満たそうと懸命だった。

ごった煮はお由から教わったそうだ。「食べられる物は全て食べるんは当たり前ですが。残したり捨てるなど以ての外。よほどの阿呆か酔っ払いしか、しませんでの。ほら、こうして煮込めば牛蒡の尻尾までご馳走になりますけえ」と。

「蒟蒻はまた、お由さんの手作りをいただいたの。味が染みて美味しいですよ。三人とも、たっぷり召し上がってね」

木椀を差し出しながら、美鶴の視線が揺れる。揺れて、ついには横を向いてしまった。頤が小刻みに震えている。

「姉上、何がおかしいのです」

「……いえ、別に……笑ってなどおりませんけれど……」

「笑っているではありませんか。しかも、露骨に」

「だって、ごめんなさい。ほんとに……あなたたちの格好が……おかしくて」

美鶴は両手で顔を覆って、今度は身体を震わせた。一見泣き伏しているようだが、指の間からは嗚咽ではなく笑声が漏れる。

「そんなに笑わなくてもいいではありませんか。これを着ろとおっしゃったのは美鶴さまですぞ」

慶吾が控え目に申し立てる。

慶吾は大きめの湯帷子の上に袖なしの羽織を着けていた。藤士郎と左京も湯帷子姿だが、こちらは二人とも丈も裄も足らず、脹脛や手首が覗いている。

「慶吾さんのは父上さまの古着なの。だから大きいのはわかるけど……。藤士郎と左京は随分と身の丈が伸びたのですねえ。それ、藤士郎が昨年まで着ていたものよ」

「わたしは、お会いしたときから藤士郎さまより五寸は上背がありましたが」

「嘘つけ。そんなに差はなかったぞ。いいとこ、二、三寸だ」

「それはないでしょう。ここで見栄(みえ)を張っても無駄かと思います」

「見栄など張るものか。おれは事実を言ってるだけだ」

「二人とも、背丈なんてどうでもいいだろうが。早く飯を食え。美味(うま)いぞ」

慶吾が椀に顔を埋(うず)めるようにして、中身をすする。

藤士郎は胃の腑(ふ)が痛くなるような空腹を覚えた。よく考えれば、家を出てからほとんど何も口にしていない。雑肉と根菜の旨みがじわりと染み込んできた。

美味い。絶品だ。

「でも、お話を聞けば聞くほど怖くなります。あなたたち、よく無事で帰ってきてくれましたねえ。ほんとに」

笑みを消して、美鶴が束の間、目を伏せた。

「それで、幾世さまは本当に大丈夫なのですね」

「大丈夫です」

と答えたのは、慶吾だった。椀を置き、塩結びにかぶりつく。

幾世は砂川に来なかった。慶吾が無事であること、今、砂川に向かっていること、用心のために風見の屋敷から移った方がいいこと、これから砂川に連れていくつもりであること。藤士郎の話を聞き終えて、幾世は涙を零した。

「藤士郎さま、御礼申し上げます。慶吾をお守りくださいましたご恩は一生、忘れませぬ」

「そんなことはどうでもいいです。わたしも、慶吾には幾度も助けられました。それより、早く砂川に参りましょう。何が起こるかわからない。まさかとは思いますが、戸部の手の者がここを襲うかもしれないのです」

「戸部さまが……」

幾世の顔色が変わった。僅かの間だが黙り込み、気息を速くした。それだけだった。幾世は取り乱すこともあれこれ尋ねることもせず、「わかりました」とだけ答えた。

「藤士郎さま、どうか慶吾をよろしくお願いいたします。わたしは信濃町の知り合いの許に身を寄せますゆえ」

「砂川には来ないおつもりか」

「はい。わたし一人ならお縋りもいたしましょうが、奉公人たちがおります。中間の義作も女中のお松も身寄りのない者たちです。置いていくわけには参りません。それにこの雨の中を峠を越えるのはあまりに難儀です。信濃町なら目と鼻の先。何とかなります」

老いた奉公人たちを見捨てるわけにはいかない。

幾世はそう言っているのだ。藤士郎は己の短慮を恥じた。大人の思慮深さと情けと心意気を学んだと思った。

信濃町まで幾世たちを見送り、砂川村の家に帰り着いたとき、雨戸から明かりが零れていた。伊吹の屋敷でのように蠟燭を点す贅沢は許されない。零れた明かりは囲炉裏のものだ。臙脂色のそれを見たとたん、藤士郎は全身の力が抜けていく気がした。

この雨戸の向こうには、まっとうな暮らしがある。誰かを裏切らなくても、陥れなくても、殺さなくてもすむ暮らしだ。

「藤士郎！」

雨戸が開いて、慶吾が飛び出してきた。

ぶかぶかの湯帷子を着て、丈が余るのか尻端折りをしている。

「おまえ、何だその格好は」

噴き出してしまった。己の笑い声が心地よい。笑えることが心地よい。まさか、そのすぐ後に自分も寸足らずの湯帷子を着る羽目になるとは思いもしなかった。

「信濃町の知り合いとは、たぶん、母上の幼馴染の方です。互いに気心が知れて、普段から姉妹のような付き合いをしておりますから、喜んで匿ってくれるはずです」

慶吾の言葉に、美鶴の眼元が緩んだ。

「それなら安心ですね。幾世さまのことだから抜かりはないでしょう」

「はい。わたしが言うのもなんですが、母は底力のある人ですので、たいていの厄介事は切り抜けられます。ああ、美味い。美鶴さま、もう一杯、いただけましょうか」

「もちろんです。たんとおあがりなさい。ふふ、こうしていると昔を思い出しますね。よく、三人で握り飯などを召し上がって」

美鶴はすぐに口をつぐんだ。三人のうちの一人が違っている。かつて、美鶴の手料理を堪能していたのは、左京ではなく五馬だった。

藤士郎は口の中に広がる芋の味を楽しむ。

生きていてこそ味わえる、ささやかな愉悦だ。

「けど、風見の屋敷が襲われておれがいないとわかったら、ここまで追手が来るとか、その懸念はないかな」

慶吾が藤士郎を見やった。気弱な視線だ。心底から心配もしているし怯えてもいるとわかる。しかし、それだけではないだろう。慶吾は己の弱さをさらけ出すことで、話題を来し方から今このときに戻したのだ。実にさりげなく。

「その懸念は無用かと存じます」

左京が応じた。いつも通りの硬い口調だ。

「あの刺客たちは風見どのを狙ったわけではない。風見どのから書状を奪うよう命じられたのは我らですから。かといって、密かに警固していたとも考えられません」

「おれは囮役だった。守る意味などないものな」

慶吾が肩を竦める。恥じている風も落ち込んでいる素振りもなかった。

「そうです。なぜ、囮役のあとをつけていたか。気にはなりませんか、藤士郎さま」

藤士郎は椀を置き、茶をすすった。ゆっくりと左京に顔を向ける。

「おれたちを斬るためか」

美鶴が息を詰める。ごった煮を掻き込んでいた慶吾の箸が止まった。箸の先から煮汁が一滴、膝の上に落ちる。

「やつらの狙いは慶吾ではなくおれたちだった。いや、おれたちというより、四谷さまが放った刺客を狙ったのだ。そうとしか考えられん」

ずっと考えていた。あの男たちが重臣たち、津雲筆頭家老か川辺次席家老かの手の内であることは確かだ。何のために、男たちは慶吾のあとをつけていたのか。

藤士郎には一つしか答えを導き出せなかった。

「どうだ、柘植」

「ええ、間違いないでしょう。わたしも同じことを考えておりました」

「ちょっ、ちょっと待ってくれ。何のためだ？　何のためにそんなことをする？」

慶吾が箸を握ったまま右手を左右に振る。

「見極めるため、ではないでしょうか」

「見極めるって……」

慶吾の手から箸が落ちる。美鶴が拾い上げたが、慶吾は左京の横顔を凝視したままだった。

「誰が刺客になるか。敵と味方を見極めたかったのではありませんか。藩主側に付いた者が誰なのか、刺客となった者がどれほどの腕なのか。まあ、それは藩主側も同じ。我らも囮のようなものでしょう」

藤士郎は口の中の唾を呑み込んだ。美鶴の手料理の味が薄れ、苦みが満ちてくる。

「つまり、おれたちを使って、お互いの手の内を探っているわけか」

「有体に言えば、そうなります。密使の件だとて謀計であった見込みが高い。藩主側を誘いだすための方便だったのではありませんか」

「密書など端からなかったかもしれんのだな。三人の使者が三人とも囮だったと。そして、おそらく四谷さまも、そのことをわかっていた……」

「名うての切れ者と評判の側用人が気付かないはずもありません。重臣側が水面に石を投げ入れた。それで誰がどう動くか見極めようと考えたのでしょう。そのための刺客役に、我々はうってつけだったのではありませんか。風見どの同様、死のうが殺されようが後腐れはないと四谷は見做した。まぁ、少なくとも戸部という勘定組頭は重臣側であると、明白になったわけです」

思わず唸っていた。どうにも解せない。やはり解せない。

江戸を発つときには、藩政の改新はすぐにも為されるものと信じていた。しかし、政とは奇怪で剛力で、鵺のようだ。若い藤士郎の思い込みなど容赦なく嚙み砕いてしまう。

父の遺した書状も、江戸藩邸で散った石田の命も現を覆す決め手にはならないのか。その前に、藩主は誰のために、何のために改新を唱えているのか。手駒を増やし、敵を見極めることに汲々としているのなら、重臣側も藩主側も変わりない。けれど、重臣たちが藩政を壟断し、私腹を肥やしているのは事実であり、ならばそれを正すのが理というもののはず……。

思案は堂々巡りしかしてくれない。

「とんでもない話です」

美鶴が叫んだ。上ずった甲高い声だ。緩やかに上がっていた煙が揺らいだ。

「後腐れだなんて、無礼にも程があります。万が一にも、あなたたちをそんな目に遭わしたりしたら、わたしは黙っておりませんよ。槍で刺されようが、斬り殺されようが、大手門の前で訴えてやります」

地を叩く雨音が響く。猛った獣の咆哮を思わせた。先刻からさほど強くなったわけではない。むしろ、収まっているようであるのに猛々しさを感じてしまうのは、美鶴の怒りが加わったからだろうか。

「姉上が一人騒いでもどうにもなりません。刺し殺されるか斬り殺されるかわかりませんが、死体は菰で巻かれてどこぞに捨てられて、お仕舞いです」

「まあ、藤士郎ったら。縁起でもないこと言わないでちょうだい。わたしは野良犬や野良猫ではありませんよ。菰に巻かれて捨てられたりしてたまるもんですか」

「それがどうやら、重臣側にとっても藩主側にとっても、我らは犬猫と変わらぬようです」

左京が口を挟む。淡々とはしているが冷ややかではなかった。美鶴の眉が吊り上がる。

「人は人です。犬猫とは違います。それがわからずに政など執り行えましょうか。第一、そんなに容易く人の命を奪っていては、天羽の行く末はいかがします。人は何よりの財ではありませぬか。人の力なくして、藩の成長も栄もありませんよ」

藤士郎は居住まいを正した。

「姉上のおっしゃる通りです。姉上がご存じのことを政を司る方々は解していない。己の権勢をどう守るか、どう強固にしていくか、そこにしか思いが至らないのです。いっそ、姉上が執政の要に座られれば、民のための政が叶うかもしれません」

あらと、美鶴が眉を顰める。

「何を言っているのです。女が政に関われるわけがないでしょう。こうなったら、あなたたちが踏ん張りなさい。執政の場に加わって政を変えていけるよう励めばいいのです」

慶吾が真顔でかぶりを振った。

「美鶴さま、励んでどうなるものでもありませぬ。身分は生まれながらにしてほぼ、決まっておりますから。伊吹家が再興すれば、藤士郎なら見込みはあるかもしれませんが、わたしは無理です。それに万が一、そんな機会に恵まれてもわたしは辞退いたします。政の場に身を置くなんて、まっぴらごめんです。心労から胃に穴が開くか心の臓が止まってしまいます」

「その前に暗殺されるかもしれません」

左京が言うと冗談が冗談に聞こえない。慶吾は身を縮め、もう一度、首を横に振った。

遠雷が聞こえる。雨は強まりも弱まりもしないまま、降り続いていた。

囲炉裏を囲んで四人は暫く黙り込んだ。ややあって藤士郎は椀を置き、戸口に目をやった。

「母上、遅いですね」

茂登子は急な村の寄り合いに出かけていた。左京から、藤士郎の無事を伝えられ、安心して出て行ったと美鶴から告げられている。

「それにしても、母上が寄り合いの場に顔を出されるなどと、信じられませぬ」

「ええ、しかも、お一人でね。伊吹の屋敷にいたころからすれば、考えられないことです」

美鶴は頷き、口元を緩めた。

茂登子は上士の妻として、まさに〝奥の方〟だった。屋敷の外に出ることはほとんどなく、あっても必ず供を連れていた。格式のある武家の女なら、当たり前とされていて、その当たり前に誰もが従っていたのだ。それが、今、村人たちの寄り合いに一人で臨んでいる。しかも供をすると言い張った佐平を諭して、単身で出かけた。老齢の佐平を慮ったとは十分に察せられるが、美鶴の言う通り、考えられないことではあった。

ガタッ、ガタッ。

雨戸を叩く音が響いた。美鶴の口元がさらに綻びる。

「あら、噂をすれば何とやらですね。母上さまがお帰りだわ」

「いや、お待ちください」

左京が美鶴よりさきに腰を上げた。眼つきが僅かに尖る。

「馬の嘶きが聞こえました。そのまま、動かないでいただきたい」

「え？　馬？」

藤士郎たちが乗ってきた鹿毛は納屋に繋いでいる。鳴き声が聞こえるわけがない。

「馬に乗ってきた者がおるのです。茂登子さまではありませぬ」

「そのようだな」

藤士郎は立ち上がり、太刀を手にした。左京は既に、土間に下りている。

「慶吾、姉上を頼むぞ」

「お、おう。美鶴さま、小間の方にお移りください」

慶吾が美鶴をかばい、前に立つ。その間も、雨戸は激しく叩かれていた。

「刺客では……なさそうだな」

「然り。それなら、蹴破ってでも入ってくるでしょう。それに殺気は感じられませぬ」

「だとしたら客人か。こんな夜に誰だ？」

寸の間、左京と目を見合わせる。藤士郎はゆっくりと竪猿を外し、戸を引いた。

雨が風に乗って吹き込んでくる。雨だけではなく、人も転がり込んできた。一人だ。文字通り土間で転がり、どこか打ったのか低い呻きを漏らした。

「まあっ」

美鶴が目を見張った。黒眸がずぶ濡れで呻いている人物に釘付けになる。

「宗太郎さまではありませんか」

「は？　義兄上？」

笠を被っているので顔はわからない。美鶴は呻き声だけで、元夫を見極められたらしい。

「ううっ、痛い。膝を思いっきり打ってしまった」

元義兄であり、烏帽子親でもある今泉宗太郎が膝を抱え顔を歪める。その前に立つと、美鶴も渋面(じゅうめん)を作った。

「この雨の中を何をしにお出でですの。元服の儀はとっくに終わりましたでしょう」

心做(こころな)しか、冷めた口吻(くちぶり)だ。宗太郎が顔を上げる。笠の縁から水が滴った。

「美鶴、そっけない。この雨をものともせずやってきたというのに、そっけなさ過ぎるぞ」

「ですから、何の御用でいらしたのですか。忘れ物でもございました」

「そんなもののために、この雨の中をこの時刻にやってくるものか。美鶴」

不意に宗太郎が起き上がった。ぐっしょり濡れた蓑(みの)を脱ぎ捨てる。水と藁(わら)の混ざり合った匂(にお)いが漂った。宗太郎は笠も毟(むし)り取る。

「まっ……」

美鶴が絶句した。藤士郎も声が出ない。口を開けたまま、元義兄を見詰めてしまった。左京さえ、短く息を吸い込んだ気配がする。慶吾など「うわっ」と叫び声をあげ、よろめいた。

「宗太郎さま……ど、どうされたのです。御髪(おぐし)はどこに……」

美鶴が言葉を絞り出す。息が少しばかり荒くなっている。

「剃(そ)った」

宗太郎はにやりと笑うと、自分の頭をつるりと撫(な)でた。髷(まげ)どころか髪の毛が一本もない。青々とした剃り跡が目に染みてくる。

「剃ったとは……まあ、仏門に入られるおつもりなのですか。いったい何がございましたの。そこまでご決心なさる前に、お心内(こころうち)を聞かせてくだされば……」

美鶴は珍しく取り乱していた。語尾が震え、頬が青ざめている。

「わたしが……わたしが悪かったのでしょうか。宗太郎さまのお心内を察しようともせず、勝手なことばかり申し上げてしまって。それで、それで、宗太郎さまは俗世に疲れてしまわれたのでしょうか……だとしたら、わたしは……どういたしましょう」

「違う違う。これは坊主ではない。医者の頭だ」

「え？　いしゃ？」

とっさに〝医者〟の意味が解せなかったらしく、美鶴が首を傾(かし)げる。

「医者だ医者。昨日、言うたではないか。医者になってここで再び美鶴と夫婦(めおと)になりたいと」

「はぁ？」

「美鶴は誓うてくれたな。わしが医者となれば夫婦に戻ると。共に暮らすと」

「はぁ……えっ？　えっ、ちょっ、ちょっとお待ちください。わたしはそのような誓いをした覚えはございませんよ」

「馬鹿な。はっきり言うたではないか。わしは、この耳で確と聞いたのだ」

「宗太郎さまは酔うておられました。酔い潰れる寸前だったではありませんか。きっと、ありもしない幻を聞かれたのです。だから、お酒はほどほどになさいませと申し上げましたのに」

宗太郎がこぶしを握り、口元を引き締める。わからずやの母親に腹立ちを隠せない童。そんな顔つきだ。

「わしは酔ってなど、いや、確かに酔うてはいたが正気は保っておったぞ。美鶴は確かに言うた。わかったと言うたではないか。のう、藤士郎」

「えっ、急に振られましても……あ、でも姉上は確かに約束しておられたかも」

「藤士郎！　いい加減なことを口にするものではありませんよ」

「いい加減ではないぞ。藤士郎が証人だ。わしは、美鶴の約定を信じて今泉の家を出てきた」

何か言いかけた口を美鶴は閉じ、生唾を呑み込んだ。

「宗太郎さま、今、何と……何と仰せになりました」

「今泉の家を出てきたのだ。家督は全て弟に譲る。既に、後嗣の取り消しと交代の届も出してきた。まあ、まだ多少はごたごたするだろうが、いかんせんこの頭だ。武士には戻れん」

美鶴の身体がよろめいた。宗太郎が手を伸ばして支える。

「美鶴、どうした。眩暈か？　診てやるから安心しろ。あ、いてっ」

美鶴に思いっきり手を叩かれて、宗太郎が顔を歪める。

「眩暈もいたしますわ。宗太郎さま、何と軽率なお振る舞いをなさいました。頭まで剃るなんて、信じられません。武士が髷を落とすなどとんでもないことです。あまりにご短慮に過ぎますわ」

「だから、もう武士ではない。医者だ。それに短慮ではないぞ。熟考の末に決めたのだ。わしは幼少の折から医の道を進みたいと思うておった。が、今泉家の長子ともなれば、それも叶わぬかと諦めておったのよ」

「それはそうでございましょう。宗太郎さまのお立場なら、道楽でお薬の調合をなさるのはよしとしても、それを本業になさるわけには参りません」

美鶴の物言いは常になくつっけんどんだ。怒っているようにさえ感じる。

姉上、相当に狼狽えているな。

慌て、まごついたとき、口調や仕草が妙にそっけなくも尖りもするのは、美鶴の癖だ。滅多にないことではあるが。

藤士郎はこみ上げてくる笑いを何とか抑えていた。

「そうだ、道楽の範囲で辛抱するつもりだった。それが、変わったのだ。わしは小姓組頭ではなく医者になりたい、いや、ならねばならんと悟ったのだ」

「どうして、ならねばならないのです。悟ったと申されましても、わたしには、まるで合点がいきませんけれど。宗太郎さまの独り呑み込みではございませんの」

「今泉家にいては、美鶴と夫婦別れしたままになるではないか」

「はぁ？　でもそれは、いたしかたございませんでしょ。出て行けと仰せになったのは、そちらでございますもの」

「だからだ。美鶴と夫婦に戻るためには、家を出て新たな道を行かねばならんと悟ったのだ。そのために、この一年、密かに渡月暁庵先生の許で研鑽を積んできた」

渡月暁庵の名は藤士郎も耳にしたことがある。長崎と京都で学び、天羽に正式な蘭方医学を持ち込んだ高名な医師だ。

「実を言うと、ずっと以前から学んではいたのだ。しかし、美鶴のおかげで腹が決まった。それで、さらに本気で、懸命に学びを続けてこられた。美鶴がわしを藤士郎の烏帽子親に選んでくれたことが、背中を押してくれてのう。この機に実行するしかないと、決断できたわけだ」

「まあ、わたしのせいになさらないで」

美鶴の声が裏返った。

「今泉の義父上（ちちうえ）さまや義母上（ははうえ）さまに、どれほど恨まれるか。考えただけで寒けがいたします」

口を尖らせた美鶴の前で宗太郎が嚔（くさめ）を連発する。

「寒けがするのは義兄上の方でしょう。濡れた着物を着替え、こちらで暖まれませ」

囲炉裏の客座を指し示すと、宗太郎は笑みを浮かべ、美鶴は睨（にら）んできた。

「うちは今泉のお屋敷とは違います。納戸を入れても三間しかないのですからね。一晩や二晩ならいざしらず、宗太郎さまがお住まいになる座敷などございませんよ」

そう言い切って、美鶴は横を向く。すねた娘の所作だ。不貞腐（ふてくさ）れているようでもある。姉はいつでも姉だった。取り乱さず、凛（りん）として立っている。その強さに、その佇まいにどれほど支えられてきたか。しかし、今の美鶴は駄々をこねる童にも似て、我儘（わがまま）でわざと意固地に振る舞っているとさえ見える。

姉上でも子どもに戻るときがあるのか。こんな風に。

「あぁ、その点は心配いらん。ここの世話役に聞いたが、空き家は幾つかあって、本気で住む気なら段取りはしてくれるそうだ。診療場となるよう手を入れたいと申したら、力になると約束してくれたぞ」

「まあ、お帰りになる間際に吉兵衛どののところこそ話していらしたのは、それだったのですね。信じられない、ほんと、信じられないわ。勝手に決めておしまいになって、わたしはもう知りませんからね。ええ、知りませんとも」

「医者はよいかもしれませぬな」

ぼそりと、左京が言った。他の四人の視線が一斉に集まる。

「砂川の村の山々には、薬草が豊富です。医者なら、それを生かせるのではありませぬか」

左京は宗太郎に顔を向け、そう続けた。

「そなた、薬草に詳しいのか」

「まあ、幾分かは。治す方ではありませぬが」

「うむ？　何と言った？　それに、そなたは？」

「柘植左京と申します。お見知りおきくださいませ、今泉さま」

左京が緩やかな仕草で頭を下げる。宗太郎が心持ち、顎を引いた。

「柘植左京とな。見慣れぬ顔だな。昨日はおらなんだ気がするが、何者だ」

「弟です」

「兄です」

美鶴と藤士郎の声が重なった。宗太郎はさらに顎を引き、瞬きをする。

「諸々の事情がございますの。でも、ここでお話しする筋のものでもございません」

「あ、うん、そうか。まぁ、身内が増えるのはよいことだ。これからよろしく頼むぞ。そうだ、薬草に詳しいならまた追々に生えている場所を教えてくれ。草の名がわかるのなら、なお、助かるが。どうだ？」

宗太郎が身を乗り出す。左京は微かに眉を顰めた。

「だいたいは……」

「そうかそうか。それは重畳。左京とやら、そなた、なかなかに使える男であるな。いっそ、わしの助手をせぬか。薬に詳しいならこの上ない助けになる」

「左京は、宗太郎さまの助手になるためにここにおるのではありません。勝手なことをおっしゃらないでくださいまし。それより、外に出したままだと馬がかわいそうではありませぬか。納屋に繋いでおやりなさい」

「あ、そうか。藤士郎、左京、そこの、えっと……あ、風見だ。風見も手伝ってくれ。暁庵先生から譲られた道具や薬を一揃い持ってきた。かなりの数でな。下ろすのに一人では無理なのだ」

「運び込むなら、土間の隅にしてください。座敷は駄目ですよ」

「わかっている。わかっている。濡れた荷を座敷に上げたりはせぬ」

美鶴と宗太郎のやりとりは、既に夫婦のものだった。しかもかなりの嬶天下だ。我慢できなくて、藤士郎は俯いてしまった。俯いて忍び笑いを漏らす。さすがに、あからさまに笑い声を立てるのは憚られた。けれど、おかしい。

義兄がこんなに愉快で、かつ、大胆な人物だとは知らなかった。本気で女を愛しみ、本気で己の道を思索できるとは意外だったのだ。正直、家格を守ることを一義とし、そのためなら妻を離縁することも躊躇わない者だと思い込んでしまった。

小姓組頭を代々務める今泉家は、天羽藩開闢のころから続く名門だ。だから、つい、津雲や川辺、さらには四谷半兵衛といった重臣たちと同等に考えていた。

目を向けているのは人ではなく権勢であり、案ずるのは民ではなく己の行く末である。そういう為政者に連なる者だと。だから、姉は未練なく今泉の家も夫も捨てた、捨てることができたのだと疑わなかった。

少し違っていたようだ。

思い込みに囚(とら)われていては、摑めないのだ。こういうものだと決めてしまえば、何も見えなくなる。この双眸は曇り、自分の見たいものしか、信じたいものしか映らなくなる。また一つ、教えられた。

とすれば、どうなのだろう。

顔を上げ、緩やかに立ち上る煙を眼で追う。

執政たちは、重臣たちは私利私欲に走り、保身に汲々とするだけの卑劣漢ではないのか。そこに正義は、信念は、志(こころざし)はあるのか。自分に見えないだけなのか。

それならば、父上はどうだったのだ。

心が父、斗十郎に向いていく。着流しで庭に佇んでいた姿が、剣の手ほどきを受けた日々が、我が身を介錯(かいしゃく)せよと命じた顔が、闇に飛ぶ蛍に似て脳裡のあちこちで瞬く。歪な人だ。その思いは変わらない。歪は歪な影を落とす。その形の異様さに眩(くら)まされ、光に目を向けられなかったのではないか。

斗十郎が恐れたのは、死ではなくおまえだった。そして信じられたのもおまえだけだった。おまえにだけは、父を誇りとしてもらいたかったのだ。

父の友であり、藩主の師である天羽藩随一の学者と謳(うた)われる御蔭八十雄(やそお)は言った。

その言葉に嘘はないと思う。ただ、真実の一端に過ぎないとも思う。権勢欲も自恃の心も溢れるほどに持っていながら、息子一人に拘り、介錯させることで死に様を見せる。武士にしか許されない最期ではあった。壮絶な最期は藤士郎の内に刻み込まれた。生々しい手応えや臭いや音とともに深く彫り付けられた。

ならば、生き様はどうだったのだろう。

藤士郎は考える。父はあの死に至るまで、どのように生きていたのか。溢れる権勢欲や自恃をどう扱ったのか。なぜ、藤士郎一人に拘り、もう一人の息子左京を遠ざけたのか。その愛憎の有り方が、どうにも解せない。

重臣たちも、父も、わからない。解せない。見えない。いつか、わかるようになったとき、自分はどうなっているのか。今のように、ちゃんと憤れる者でいられるだろうか。人を人として扱わない輩に堕ちずにいられるだろうか。人の命は尊いのだと心底から語っていられるだろうか。

「おい、藤士郎」

慶吾が呼んだ。漆塗りの木箱を抱えている。尻端折りの湯帷子に手拭いを被った姿は笑うしかない。藤士郎は噴き出してしまった。

「なに笑ってんだ、馬鹿。さっさと荷物を運べ。まだ、袋物がどっさりあるんだぞ」

「そうよ、藤士郎、ぼんやりしないで手伝いなさい。あ、慶吾さん、その箱は土間の奥にお願いします。左京、袋物は薬草らしいから濡らさないでくださいね。ほら、藤士郎、さっさと動いて。馬を納屋に連れていってちょうだい」

「はぁ。姉上、もうすでに奥方の風情が漂ってるなあ」

「何？　何か言いましたか？」

「いえ、別に。馬ですね。わかりました」

外に出る。葦毛の堂々とした馬がいた。宗太郎の愛馬だ。

雨はいつの間にか、随分と小降りになっていた。見上げれば、雲が切れ始めているのか星の瞬きが一つ、二つばかり数えられる。

左京が荷を下ろしていた。木色の麻袋からは微かに青い匂いがする。薬草の香りだ。乾いた音がするのは油紙で包まれているからだろう。

「思いがけない成行きになったな」

声を掛けると、左京は視線を戸口に向けた。宗太郎が荷物を運び入れている。

「ああいう覚悟もあるのですね」

「うん？」

「今泉さまです。武家を捨て医者として生きる。並々ならぬお覚悟かと存じますが」

「そうだな。義兄上……今泉さまからすれば一生に一度の決断だろう。捨てるものが、あまりに大き過ぎる」

「藤士郎さまはいかがされます」

「おれ？　おれには、背負うべき家はもうないからな」

「伊吹家の再興はどうなされます。諦められたのですか」

家の再興。武士として生きるなら、家を守り抜かねばならない。廃れたなら立て直し、次の代に繋げていく。それが人生の第一義となる。

「おれが家の再興を決意したら、おまえは手伝ってくれるか」

左京の眉が僅かだが吊り上がった。醜悪な何かを見るような眼つきになる。

「わたしが？　つまらぬ冗談です。笑えませぬな」

「どうして冗談になるんだ。おれは、真面目に問うたのだぞ」

「では、真面目にお答えいたします。御免こうむります」

「即答か。まあ、だろうな」

苦笑してしまう。左京が拒むのはわかっていたではないか。左京にとって、伊吹の家など何ほどのこともない。消えようが残ろうがあずかり知らぬというわけだろう。

「藤士郎さま。一つだけ申し上げます。藤士郎さまがお家再興を願うておられるなら、今は好機かもしれませぬぞ」

「好機とは、どういう意味だ」

「今、天羽の政は戦の前夜です。藩主側と重臣側がぶつかろうとしている。藤士郎さまは藩主側に与されている立場かと存じます。ならば、藩主側が勝てば、それ相応の恩恵にはあずかれましょう。お家の再興も夢ではありますまい」

　顎を引く。左京の物言いに不快を覚えた。

「立場などどうでもいい。おれは、今の政を変えたいだけだ。重臣、高官だけが益を手にして肥え太るのではなく、民が困窮せぬよう人が人らしく生きられるような」

「戯言を口にされますな」

　左京が藤士郎を遮る。吐いて捨てるような口調だった。

「戯言ではない。本気だ。政とはそういうものだろう。殿や重臣のためにだけあるのではない。あるのであれば、変えねばならん。正しい政道に戻さねばならぬはずだ」

「政は変わりはしません。たとえ、津雲や川辺たちが一掃されても変わりはしない」

「柘植、本気で言っているのか」

「むろん。あなたは政の何たるかを知らないで、空夢を語っているに過ぎない。愚かの極みです。藤士郎さま、政は変わりませぬよ。どんな世になっても、誰が勝っても同じです。いずれは堕ちて腐る。腐った死骸に蠅が群がるように、腐った権要に人は寄っていくものです。清廉なだけでは回らぬのが政というものでしょう」

言い返せなかった。

左京は知っているのだ。栢植家の者として、能戸の牢屋敷の守り人として、為政者たちの正体を、政争に敗れた者の無残と勝った者の非情さを、権柄が放つ腐臭を知っている。

黙り込む。

左京も固く口を結んだ。袋を肩に担ぎ足早に家の中に入っていく。

でもな、栢植。それでも信じるしかないではないか。

明かりに吸い込まれるように消えた背中に語り掛ける。

新しい芽が腐肉を押し上げて伸びてくる。それを信じていいのではないのか。自分を、他者を世の中を、人々を信じていいのではないか。なあ、栢植。

「おお、義母上、お帰りなさいませ」

宗太郎の声に我に返る。

雨の降り止んだ夜空の下、茂登子が棒立ちになっていた。美鶴の差し出す手燭に照らされ、宗太郎がにんまりと笑った。笑いながら剃り上げた頭を撫でる。

「……宗太郎どの？　えっ、いったい、そのお形は……」

声を詰まらせた茂登子の頭上に星が見えた。雲が流れていくのか、瞬く間に闇に呑み込まれる。

美鶴が零す吐息の、密やかな音が聞こえた。

「まあ、そんな思い切ったことを」

茂登子が眉を寄せる。美鶴から事情を聞かされても、言葉が続かないようだ。事はあまりに重大で言うべきものが浮かんでこないのだろう。

「ほんとに困ったものです。こんなに短慮の方だとは思ってもおりませんでした」

美鶴は、板間の隅で眠る宗太郎に目を向けた。その隣では、慶吾が寝息を立てている。二人とも古い掻巻に包まっていた。左京は、佐平とともに納屋横の道具小屋で眠ると言い張って、去っていった。藁をたっぷりと敷いてあるので温かいのだそうだが、伊吹家の者と一線を画そうとする態度なのは明白だ。一礼して出て行く左京を見送るとき、美鶴の眸がほんの僅かだが翳った。

囲炉裏の傍で白湯を飲み、藤士郎は微かに笑って見せた。

「短慮ではありますまい。むしろ、熟慮の末かと思いますが。義兄上はずっと、こうしたかったのですよ。でなければ、お役目の傍ら医道を学ぶなんて真似はできっこありません。ここに来て姉上と逢って、最後の垣根を跳び越す決心がついた。そういうことでしょう」

「藤士郎、あなた宗太郎さまに味方する気なの」

「敵とか味方とかって話じゃないでしょう。ああ、嫌だなあ。姉上ったら慌てちゃって、言ってることが支離滅裂になってる」

「まっ、無礼な。わたしは慌ててなんかいませんよ。迷惑だと困っているの。明日にでも、今泉の使いの方々が迎えに来ますよ。きっと、わたしのことを大切な後嗣を迷わせた悪女みたいに言うんだわ。罵倒ぐらいならまだしも、本気で呪詛されるんじゃないかしら。ああもう、ほんとにいい迷惑です」

「義兄上、久離を切られたそうです」

「えっ、勘当されたのですか。今泉のお義父さまから？　まさか」

　美鶴が腰を浮かせた。「まあ、どうしましょう」と呟きが漏れる。

「頭を剃って家を出ると告げた折に、激怒した今泉のご当主からはっきり言い渡されたと、義兄上から聞きました。お役所にもその旨を届け出る、二度と今泉家に足を踏み入れるなと」

「まあ、どうしましょう。どうしたら、いいのかしら。知らなかったわ。そんなこと、宗太郎さまはおっしゃらなかったもの。どうして、わたしより先に藤士郎に告げたりされるのかしら。まあ、ほんとに、とんでもないことだわ。どうしましょう、母上さま」

美鶴がおかしいほど狼狽える。涙さえ浮かべていた。反対に、茂登子は静かだ。落ち着きを取り戻し、白湯の器を手にどっしりと座っている。

「わたしたちにはどうしようもありませんよ。騒いでも無駄でしょう」

「でも、そんな、お家と縁を切られるなんて」

「宗太郎どのは覚悟の上で髪を落とされたのでしょう。後嗣である長子が、突然に全てを投げ捨てて頭まで剃ってしまった。今泉さまとすれば、激怒して縁を切ると告げなければ周りに示しがつかなかったのでしょう。いえ、そこまでしなければ宗太郎どのの意を翻（ひるがえ）せないとお考えになったのかもしれませんね。父も必死、息子も命懸けの攻防だったのです。結句、宗太郎どののお気持ちは変わらなかった。それなら、わたしたちが口を挟む余地はありません。そうではなくて」

「でも、でも、母上さま」

「あなたはどうなの。覚悟ができているのですか」

茂登子が美鶴の眼を覗き込む。美鶴は顎を引き、胸の上に手を置いた。

「わたしが覚悟を……」

「そうですよ。宗太郎どのともう一度夫婦になる覚悟があるのですか。今度は武家ではなく医者に嫁ぐことになります。医者の妻としてこの砂川村で一生暮らすことになるのですよ。それも含めて、どうなのです」

美鶴の口元が引き締まる。ややあって僅かに緩み、小さな息を一つ漏らした。

「前にも申しました。わたしは砂川村が好きなのです。ここでの暮らしに不満などありません。それは欲を言ったら切りがなくて、正直、白いご飯をお腹がくちくなるまで食べてみたいと思うこともあります。これから先の暮らしだって、不安はたくさんありますわ。でも、だからといって、今の暮らしが城下にいたころよりも不幸せだとは感じられないのです。それは、母上さまも同じでございましょう。復禄を、お家の再興を強く望んではいないのだと、おっしゃいましたものね。それに、お由さんではないけれど、お医者さまがいれば村の人たちがどれほど助かるかしれません」

「姉上、話がものすごくずれていませんか。母上は、姉上が再嫁する気があるかどうかをお尋ねになったのですが」

美鶴は唇を突き出し、まともに藤士郎を睨んできた。子どものころ、姉の可愛がっていた白猫の顔に墨で悪戯描きをした。おとなしいのをいいことに、押さえつけて眉毛を描いたのだ。あのときも美鶴は怖いほどきつい眼差しで睨んできた。その眼つきで、猫にちゃんと謝るまで一切口を利かないからと告げられ、泣いてしまったのを思い出す。幼い藤士郎は大好きな姉を怒らせてしまったことも、口を利いてもらえなくなることも怖くてたまらなかったのだ。

今は、どれほど睨まれても怖くはない。悪さをしたわけではない。ごくまっとうな意見を述べただけだ。ただ、頬を紅潮させた姉をなかなかに美しいとは感じた。

「わかっています。今更、急に復縁を言い出されてもすぐに返事なんかできません。でもまあ……村のためになるのでしたら考えてもよろしいけれど」

「宗太郎どのは全てを捨ててお出でになったのよ。並々ならぬご決断です。あなたも、それ相応の覚悟がいるのではなくて」

「はい、わかっております。正直、宗太郎さまがここまで胆力がおありだなんて、思ってもおりませんでした。唯々諾々と従うだけの人だとばかり……。人というのは、本当にわからぬものですねえ」

「なるほど。新たな一面を見せられて惚れ直したというわけか」

「藤士郎、下世話な言い方をしないで。わたしは、ちょっと見直しただけよ」

美鶴はまた睨んできた。さっきほどの尖り具合ではない。

「またまた、ほんとに素直じゃないなあ、姉上は。そういうところは、柘植とそっくりだ」

「どうしてここに左京が出てくるのです。わたしは左京ほど頑固じゃないわ」

「はは、あいつ、今頃くしゃみをしてるな」

茂登子が雨戸の向こうを見定めるように、目を細めた。

「そういえば、宗太郎どのに驚いてしまって、左京どのにろくにお礼も申し上げませんでしたね。お願いした通り、藤士郎を無事に連れて帰ってくださいましたのに」

「わたしは、柘植に連れ帰ってもらったわけではありません。自力で帰って参りました」

「まあまあ、むきになって。ほんとに意地っ張りなんだから。ふふん、あなたも素直とは言えないわね、藤士郎」

美鶴が笑う。茂登子も穏やかに微笑んだ。

囲炉裏の火が燃える。母も姉も、闇の中で臙脂色に染まっていた。

「母上さま。わたし、宗太郎さまに……もう一度、嫁いでもよろしゅうございますか」

「もちろんです。今度こそ、本物の夫婦になれそうですね。そして、本当に幸せになれますよ。これは母親の勘です。きっと外れはしません」

茂登子はそれが壊れ物でもあるかのように、そっと娘の手を取った。

「大丈夫よ、美鶴。あなたは優しくて強いもの。幸せになれますよ。いいえ、幸せになります。自分も周りも幸せにできる。そんな力があなたにはありますからね」

「母上さま」

美鶴が茂登子の手を握り返した。柴が小さく爆(は)ぜて、小気味よい音を立てる。

不意に風が唸った。雨戸が悲鳴のようにがたがたと鳴る。

「まあ、雨は止(や)んだはずなのに、まだ荒れているのでしょうか」

美鶴が不安げに天井辺りに目をやる。藤士郎もつられて、上を向いた。とたん首筋に痛みが走った。四谷半兵衛に打たれた箇所だ。今まで気にもならなかったのに首の動かし方で妙に疼く。左京が二撃目を防いでくれなかったら、疼きはこんなものではなかったろう。

あいつ、いつも絶妙な機で動くな。

それは天性のものなのか、努めて身につけたものなのか。藤士郎には窺(うかが)えないけれど、感嘆はする。

「美鶴、うちに蠟燭はいかほどありましたか」

茂登子が尋ねる。その眼差しも不安げに揺れていた。

「蠟燭ですか。屋敷を出るときに十本余りは持って参りました。まだ、ほとんど使っておらぬはずです。ええ、手付かずで仕舞ってあります」

「十本ね。油は？」

「菜種油なら宗太郎さまが一樽、昨日、お酒と一緒にお持ちくださいましたが」

「あの土間の隅に積んであるのは、宗太郎どのの薬草や医道の器具、なのですね」

「そうですけれど」

「米はどうですか」

「米はさほど多くはございません。稗や粟はございます。昨日の餅も残ってはおりますが。母上さま、どうかなさいましたか。なぜ、そんなお尋ねをなさいますの」

また、風音が響く。屋根が揺れる。鵺が吼えながら、夜の中を駆け回っているようだ。その音がぴたりと止むと、静寂が全てを包んだ。重いと感じるほどの静かさだ。

「ええ、実は寄り合いでのことが気になって」

茂登子は頰に指をあて、言葉を続けた。その声は高くも大きくもないけれど、静寂を突いて確かに届いてくる。

「寄り合いは、藺草年貢の割付についてでした。昨年に比べ三割方増やされるとお達しがあったそうです」

「三割！　まあ、そんな無茶だわ。今でさえ、何とか日々を凌いでいる有り様なのにこの上、三割だなんて、暮らしが成り立たなくなります」

「でも、お達し通りに納めないと年貢皆済目録が下げ渡されないの。そうなると、さらに上乗せされて取り立てられるとか」

そこで、茂登子は目を伏せた。囲炉裏に折柴をくべる。束の間、小さな炎が燃え立った。灰の上に炎の影が落ちる。

「年貢のことなんか考えたこともなかったわねえ」

ため息の後に、茂登子が言った。美鶴が首肯する。

「ほんとに、一度もありませんでした」

藤士郎もだ。米だけではない。江戸で肩に担いだ炭も、口にした魚も誰がどう年貢として納めているのか考えもしなかった。

「砂川の寄り合いはおもしろいのですよ。男も女も、世話役も小作も同じ席に座るの。吉兵衛どのの所の座敷に、そうねえ……三十人はいたかしら。わたしを含めて女も十人近く出ておりましたよ。もっとも、吉兵衛どのが気を利かせてか、遠慮してか、わたしの席を衝立の後ろに作ってね、姿を隠してくださったの。そんな気遣いはいらなかったのにねえ」

衝立の陰に座り、茂登子は村人の話に耳を傾けていた。年貢の多寡は生き死にに繋がる。誰もが必死だった。代官に軽減を願い出るのも、三割増を受け入れるのも命懸けだ。切羽詰まった気配がひしひしと伝わってきた。

「結句、話はまとまらずまた寄り合いを持つことになったのですが……。最後に、わたしに意見を求められたのです。けれど、わたしは……何も言えませんでした。正直に何も言えないと告げたら、『伊吹さまはお武家だから、わしらの苦労はおわかりにならん』て誰かに詰られてしまってね。いえ、詰られたのではなく本当のところを突かれたのですけれど。吉兵衛どのは、その者を咎めはしましたが、咎められるのはわたしどもでありましょうね。でも、やはり……些か、応えはしましたよ」

茂登子が目を伏せた。

砂川に来て、茂登子は生き方を変えた。武家の妻ではなく、子どもに手習いを教え、畑も耕す逞しい女としての道を選んだのだ。それを吉兵衛を始めとした村人たちも受け入れてくれた。子どもたちに交じって文字を習い、ときに証文の代筆や読み方を茂登子に頼ってもきた。芋の煮付けを教えてくれ、山菜や卵を届けてもくれた。

村の暮らしに慣れ、新しい生き方に馴染んできている。

茂登子はそう信じていたし、信じて間違いではなかったはずだ。でも、溝が消えたわけでも垣根が取り去られたわけでもなかった。村人たちにとって、伊吹家の者たちはまだ余所者(よそもの)なのだ。むしろ、自分たちから年貢を取り立てる側の人間、そう見なされているのだろう。百姓たちの困窮にも苦難にも、これまで心を馳(は)せてこなかった身とすれば、詰られても咎められても仕方ない。その事実を突きつけられて、茂登子の心は打ち萎(しお)れていた。

「母上、わたしは左京に言われたことがあります。知れば知らなかったころには戻れないと」

身を乗り出す。囲炉裏の熱が顎のあたりを炙(あぶ)る。

「わたしたちは、もう戻れません。その上で、じっくり現(うつつ)と付き合いましょう。母上の真実は必ず伝わります。姉上も医者の妻として、この村で生きていくわけですから」

「そんなこと、まだわかりません。宗太郎さまとちゃんと話をしておりませんもの」

「さっき、嫁ぐと言うたではありませんか。まったく、姉上は正真正銘の臍曲(へそま)がりだ」

「わたしのお臍は曲がってなんかいません。無礼な。でも、母上さま、藤士郎の言う通りですわ。知らなかったことを知ったところから一歩進むしか手立てはございませんもの」

茂登子が薄煙の向こうで微笑む。しかし、その笑みはすぐに消え、顔つきが引き締まった。

「ええ、そうね。焦っても仕方のないこと。一歩一歩、進むしかありませんね。わかってはいるのですが、少し気弱になってしまってね。それに、気になるのは年貢のことだけではないのです。寄り合いの終わりちかくに、誰かが……声からして老人のようでしたが、山の匂いが変わったと言うたのですよ」

「山の匂い？」

美鶴が首を傾げる。藤士郎も意味が解せなかった。

「ええ、わたしもよくわからないのだけれど、土の匂いが濃くなったと。山崩れの前触れではないかと老人は申しておりましたよ。でも、砂川では大きな山崩れは何十年も起こっていないそうです。雨も峠を越えたし、杞憂（きゆう）だろうということになって寄り合いは終わったのですが、老人は危ない、危ないとずっと声を震わせていてねえ」

「母上さまも、ご心配になってしまったのですね」

「ええ、わたしには山の匂いなどわかりません。わからないからこそ、軽んじてはいけない気がして。吉兵衛どのはこれくらいの雨なら大丈夫だとおっしゃったのですが。わたしは何だか嫌な気持ちになっているの。よくないことが起こらなければいいけれど」

「吉兵衛どのがおっしゃったなら怖がることはありませんでしょう。それに、雨は上がりましたわ。風があるので、明日には雨雲はほとんど吹き飛ばされているのではありませんか。ずっと雨が降ったり止んだりでしたけれど、明日は良いお天気になりますわ、きっと」

「まあ、美鶴にかかったらこの世の憂(うれ)い事はみんな、萎(しぼ)んでしまうわねえ」

「そういうのを能天気というのではありませんか」

「藤士郎。覚えてらっしゃい。春になったら、芹(せり)ばかり食べさせてやるから」

「うへっ、それまでには嫁に行ってもらわなければ」

「嫁いだって近くに住みます。毎日、芹の料理を届けにくるから。ふふ、春が楽しみだこと」

　美鶴が肩を竦めて、くすりと笑う。娘のころの笑顔とよく似ていた。明るく屈託がない。違うのは笑った直後、閉じた口元に強い意志が宿っていることだ。伊吹の屋敷にいた若く華やかな姉は、それを持ち得ていなかった。
ああ、そうか。姉上は自分の道を見つけ、進もうと決めたのか。
藤士郎は深く息を吸い込んだ。煙が目と鼻に染みた。

第五章　曙(あけぼの)の空は

目が覚めた。

なぜ、覚めたのだ？

夜の方が、闇の中の方が日の下よりずっと五感は研(と)ぎ澄(す)まされる。だからといって、眠りが浅いわけではない。どんなに旨寝(うまい)であっても不穏な気配はわかる。一気に目覚め、身体は戦うための構えを作れた。

今は……何だ？　どこに不穏がある。

左京は起き上がり、視線を巡らせた。耳を澄ます。

佐平が寝息を立てている。ぐっすり寝入っている証(あかし)に乱れもなく続いていた。

時折、とんとんと板壁を叩(たた)く音がする。納屋からだ。蹄(ひづめ)が当たっているらしい。嘶(いなな)きも聞こえた。馬たちの落ち着かない様子が壁越しにも伝わってくる。

どうした？

手早く着替えると、納屋に向かう。

夜が明けようとしていた。いや、夜が明ける一歩手前の刻か。

東の空が僅かに白んでいる。しかし、大半は墨色の闇に包まれた夜のままだった。

クワッ、クワッ、クワッ。

不意に鶏が声を上げた。暁を告げるには早すぎる。呼応するように、馬たちの蹄が納屋の床を蹴った。床といっても剝き出しの地面に過ぎないのだから蹴るのは構わないが、その乱れ振りが気に掛かる。

風が吹いた。ざわりと木々が震える。それほど強い風ではないのに、林の中で鳥たちが騒ぎ始めた。まだ明けやらぬ空に飛び立つものまでいる。

胸の奥がざわついた。今まで一度も覚えたことのない胸騒ぎだ。

一瞬、迷った。しかし、左京は道具小屋に取って返すと佐平を揺り起こした。己の勘に従って悔やんだことは、ほとんどない。信じるに値する。

「う……うん。左京さま、何事です。せっかく、よく寝入っておりましたのに……」

「小屋から出ろ。馬を外に出してくれ」

「へ、馬？　馬がどうかいたしましたか」

目を擦っている佐平に背を向け、母屋に走る。左京が着くより先に戸が開いた。

「美鶴さま」

「左京」

手燭を手にした美鶴は、昼間と同じ質素な小袖に身を包んでいた。

「何だか紅佐が妙な騒ぎ方をするので気に掛かって……」

「紅佐？　あの鶏ですか」

「ええ、今までこんな刻に騒ぐことはなかったの。狐でも来たのでしょうか」

「馬も落ち着かないのです。しきりに床を蹴って外に出たがっています」

「では、狐ではないのですね」

「おそらく」

「では、何事」

「わかりませぬ」

手燭の明かりに、美鶴の白い顔が浮かび上がる。手燭には蠟燭が使われていた。貴重な蠟燭を美鶴が浪費するわけがない。何も言わなかったが、察したのか美鶴が手燭を軽く持ち上げ、告げてきた。

「母上さまに言われたのです。今夜はすぐに明かりを点せるようにしておきなさいと」

馬が嘶いた。佐平が宥（なだ）めながら、三頭を納屋から出している。

「わたし、みんなを起こして着替えるように伝えます。その方がいいでしょう」

美鶴が奥に引っ込む。紅佐は騒ぎ続けている。羽ばたきの音さえ聞こえてきた。今度は僅かも迷わなかった。左京は鶏小屋に近づくと、引き剝（は）がすように戸を開けた。

コケーッ、コケーッ。

紅佐が一際高く啼声（ていせい）を上げる。その瞬間、足元がふらついた。立っていられない。

え？　何だ。

とっさに見上げた空を鳥の群れが過ぎていく。木々が鳥たちを追い払うごとく、激しく動く。地鳴りが響いた。足の下を野獣の咆哮（ほうこう）に似た音がうねり、地が揺れる。

「地動（ちどう）だ。逃げろ」

佐平が悲鳴とともにしゃがみ込んだのを視界の隅（すみ）に捉（とら）える。母屋から、人影が幾（いく）つか走り出てきた。足元を鶏たちが逃げ惑う。

「きゃあっ」

「姉上！」

美鶴と藤士郎の声が絡まり合う。

鶏小屋が大きく傾（かし）いだ。

「地動だ。逃げろ」

左京の叫びがはっきりと聞こえた。

藤士郎は茂登子を抱え、半ば引きずるようにして表に出た。

地が揺れている。

目の前で美鶴が転倒した。

「きゃあっ」

「姉上！」

藤士郎の横を宗太郎がすり抜ける。美鶴を抱え起こすとそのまま、走る。鶏たちが騒ぎ、鶏小屋の壁が斜めにずれた。この前、藤士郎が板を打ち付けた壁だ。

「しゃがめ。家から離れて、しゃがむんだ」

左京の指示に従い、藤士郎は茂登子を抱えたまましゃがみ込んだ。母の震えが伝わってくる。両の手に力を込める。

「母上、大丈夫です。大丈夫です」

胸の中で茂登子が微(かす)かに頷(うなず)いた。

「……収まりましたね」

ややあって、囁きに近い小声でそう言った。

収まった……そうなのか。

藤士郎は空を見上げる。とたん、また、足元が突き上げられた。ぐわぅっと、地が唸る。しかし、それは一揺れのみだった。全ての息を吐き出して、人が死者に変わっていくように地は静かに動かなくなった。

「暫し、動かれるな」

左京が囁く。「佐平は？」と茂登子が首を伸ばした。「ここにおります」と、佐平が答える。それとわかるほど深く、茂登子は安堵の息を吐いた。

「そうだ、慶吾は？」

「ついでみたいに言うな。ちゃんと、いる」

「おまえ、何を抱えてんだ」

「え？　あれ、何だか夢中で……なんでこんな物を」

慶吾は抱えていた木桶を見詰め、首を捻る。水汲み用に土間に置いてあった桶だ。

「まあ、慶吾さんたら」

美鶴が噴き出す。こういうとき一番に笑うのは、やはり姉だ。藤士郎は立ち上がり、飛び出してきた茅葺の家を眺める。空は次第に明るくなり、ぼんやりとした明かりが地の闇を払い始めた。その中で家はどっしりと建っている。どこかが壊れたようにも傾いたようにも見えない。

「たいしたことは、なかったな」

「まだ中に入らぬ方がよろしいです。揺れが収まったとは言い切れませぬから」

左京がかぶりを振った。

「ただ、馬が落ち着きました。先刻以上の大きな揺り戻しはないやもしれません」

葦毛も鹿毛たちも納屋の前でおとなしく並んでいた。寄り添っているのだろうか、三頭は離れようとはせず、時折、首を振る。

「宗太郎さま、もうけっこうですから、手をお離しください」

美鶴が宗太郎の腕の中で身動ぎする。

「いや、まだ用心がいる。それに、こうしていると寒さが幾分でも和らぐではないか」

「わたしは寒くなどありません」

美鶴が身を捩ったとき、遠くで半鐘が鳴った。つづいて、かなり近くで鳴り始める。板木の音がそこに混じる。口の奥が苦くなるほど不穏な音だ。

「火事か」

家は村への入り口近くにある。やや高台にはなるが雑木林に遮られて、村の全容は見渡せない。ただ、狭い村だ、煙が上がれば見逃すはずはなかった。

「やつがれが様子を見に行ってまいります」

佐平が腰を上げる。それを左京が制した。

「いや、人が来る」

まだ明けやらぬ田の畔を小さな影が走ってきた。一度、足を滑らせ転びそうになった身体を立て直し、また走る。懸命な様子が手に取るようにわかった。見えはしないが、歯を食いしばった必死の形相をしているだろう。

「まあ、あれはお国だわ」

茂登子が胸の上で両手を握り締めた。

お由の娘、お国は五つながら聡明でしっかりした気性の娘だった。茂登子の手習所は、このお国に読み書きを教えてほしいとのお由の願いから生まれたものだ。

「どうしたのでしょう。あんなに急いで」

「わたし、迎えに行って参ります」

美鶴が駆け出す。間もなく、お国を抱いて戻ってきた。ここに来るまでに何度も転んだのかお国は両膝から血を流していた。眼に一杯の涙も浮かべている。

「みんな、大変です。三合で山崩れが起きたそうです」

美鶴がお国を抱き締め、告げた。茂登子が息を吸い込む。三合は村の西外れの十戸あまりの集まりだ。山裾に沿うようにして家が建っている。

「三合には喜一とおせんがいます。まさか……。二人は無事なのね、お国」

手習所に通う童の名を茂登子は悲鳴のように呼んだ。

「わかりません」

お国は茂登子を見詰め、頭を横に振る。涙が零れ落ちた。

「は、初めの揺れで山が崩れて……。おっかさんは、おせんちゃんの家が潰れたんじゃないかって……でもわかんないの。お、男の人は早く助けに行って。女の人はうちに集まれって祖父ちゃんが……。先生、おせんちゃん、どうなるの、先生」

お国を抱き取って、茂登子は強く唇を噛んだ。

「よし、お国、偉いぞ。よく使いを果たした。佐平、鍬や鋤があるか」

「ございます。持って参ります」

「義兄上」

「お、おう」

「薬の用意をお願いします。間違いなく怪我人がおりますぞ」

「わかった。任せておけ。用意してすぐに駆けつける。美鶴、手伝ってくれ」

「はい」

美鶴は既に袖を括（くく）っていた。佐平が鍬や鋤を担（かつ）いでくる。

「藤士郎さま、馬を使いましょう。もしや馬の力が役立つかもしれません」

左京が道具を手に鹿毛の一頭に飛び乗る。藤士郎も残りの一頭にまたがった。

「おれも行くぞ」

慶吾が背後に座る。鞍（くら）を付けている暇はない。手綱だけが頼りだ。

「飛ばすぞ。しっかり摑（つか）まってろ」

藤士郎は裸馬の横腹を強く蹴りつけた。


山の斜面が大きく抉（えぐ）られている。

茶褐色（ちゃかっしょく）の土の中に根ごと引き抜かれた雑木や岩が転がっている。水が噴き出している箇所も幾つかあった。その土石の下から屋根と思（おぼ）しき藁（わら）の先が覗（のぞ）いていた。

「二戸が山に呑（の）み込まれましたで。三戸は揺れであっという間に潰れてしもうた」

三合のまとめ役を務める綱五郎（つなごろう）という男が告げる。三十絡みの、堂々とした体軀（たいく）の男でもあったが、土に塗（まみ）れて汚れ切っている。

「人がいるのか」

この土の下に、潰れた家の中にまだ人はいるのか。声の震えを抑え、尋ねる。

「おります。田次郎の家には婆さまが、隣の家には嬶と娘っ子が取り残されましたで。潰れた熊蔵の家にも年寄りがおりますでの」

「馬を使え。潰れた家の柱や屋根を取り除くのに役に立つ」

「よろしいんで？」

綱五郎は二頭の馬にちらりと目をやった。

「わっちらが使う駄馬とは違うて、お武家さまの馬でごぜす。百姓助けるのに使うて、構わんですかの」

「当たり前だ、馬鹿なことを言うな」

怒鳴るつもりはなかったが、怒鳴っていた。生きるか死ぬかの瀬戸際で身分に拘っていてどうする。

藤士郎はしかし、すぐに悔いた。怒鳴ったりしてはならなかったのだ。身分に拘るなと言えるのは藤士郎が武士だからだ。農民である綱五郎は拘らねば、どう罰せられるかわからない。咎められ、罰せられる側の用心をまだ解せずにいた。

「すまん。が、馬は好きに使ってくれていいのだ。少しでも早く土砂や柱を取り除かねば、助かる者も助からぬ。急ごう」

「助かる者がおりましょうかの」

綱五郎が横を向く。朝の光が空から注いでいた。雨の後の光は澄んで、美しい。その光が無残な風景の上できらめく。

潰れた家、抉れた山、流れ出る泥水。土石は木々も家も押し流し、藺草(いぐさ)田の四半分近くを呑み込んでいた。

「埋もれたから、下敷きになったから助からぬとは言い切れまい。だから、みんな懸命に助けようとしているのだろう」

少し焦(じ)れてくる。左京も慶吾も村人たちに交じって、土を掘り起こし、岩や木を取り除いている。だれもが死に物狂いで動いているのだ。なのに、まとめ役でありながら、この男は何もかもを諦めているのか。

「万が一、生きておっても医者もおらんのに助かるとは思えんですがの」

「医者はいる」

藤士郎はさっき馬と駆けてきた道の向こうを指差した。

「もうすぐ来る。生きる手立てはあるのだ」

綱五郎の太い眉(まゆ)がひくついた。喉仏(のどぼとけ)が上下する。

「……女房と娘が埋まっとるで……」

「え……」

「逃げ遅れて埋まっとるですが、伊吹さま。もし、生きとったらお医者さまが助けてくれますんでの。だとしたら……まだ、諦めんでええんですの」

唇を真一文字に結び、綱五郎は土の山に走り上がった。

水を吸い込んだ土は重く、鍬や鋤を使い慣れていない身には容易に扱えない。それでも、懸命に掘り、掻き出し、岩や石を取り除いた。土が跳ね上がり、身体中に散る。絡み合った草の根が足に纏わりついてくる。土が強く匂った。

「雨が祟ったんだで。いつもの年よりずっと降った。けど、なゐさえなきゃあ持ちこたえたんだで。今まで一度も崩れたことねえ山だで、きっと持ちこたえられたで。あのなゐさえなきゃあ、こんなことにゃならんだったで」

隣で一人の年寄りが呟き続けている。誰に聞かせるわけではなく、ただしゃべらずにはおられなくて呟いているようだ。寄り合いでただ一人、山崩れを予見したという老人なのだろうか。だとしたら、この熱り立つ土の匂いを誰より早く嗅いだのだ。

「出たぞ」

男たちが叫ぶ。藤士郎は、手を止めた。汗が背中を流れ落ちていく。

「田次郎とこの婆さまだ」

「婆さまだ。婆さまが出た」

「戸板を、戸板を持ってこうや」

様々な声が行き交った後、不意に静寂がおりてくる。ほんの束の間だが、誰もが口を閉じ、しわぶき一つしない。風も木も鳴らなかった。

戸板の上に菰が被せられた。そのまま、運び去られていく。菰の下に人がいるとは思えないほど小さな膨らみが目に痛い。慶吾が両手を合わせ、頭を垂れた。

「早うせい。埋まっとる者はまだおるんぞ」

怒声が飛んだ。吉兵衛だ。天を指差し、声を張り上げる。

「見ろ。お天道さまが真上に来なっしゃるまでが勝負じゃ。刻との戦いだ。手を休めるな」

いつもの穏やかさは微塵もない。泥に汚れた鬼神の形相だ。

「ちくしょうめがっ」

綱五郎が吼えた。鋤を力任せに突き立てる。

「おせん、おまき、待ってろ。今、助けてやるで。待ってろ」

藤士郎も掘る。吉兵衛の言う通り、刻との戦いだ。負けるわけにはいかない。

「ちくしょうめが、ちくしょうめが、ちくしょうめが」綱五郎が呪文を唱えるように、呟き続けている。黙り込めば、身体が動かなくなるとでもいうように。

ちくしょう。藤士郎も胸の内で罵る。誰を何を罵っているのか、わからない。罵りながら掘る。掘る。掘る。ひたすら掘る。

「つっ」

手のひらの皮が裂けた。血が流れる。痛みは気にならないが柄が滑ってうまく握れない。

くそっ、こんなときに。役立たずが。

己を罵倒する。血を流す手に歯噛みしてしまう。

「藤士郎さま、これを」

左京が手拭いを放ってよこした。左右の手にはきっちりと手拭いが巻かれている。なるほどこれなら肉刺が潰れたり、皮が裂けるのを防げる。

「もっと早く教えてくれ」

「当然、ご存じかと思っておりましたから。それに見ればわかるでしょう」

村人の多くは古布を巻いていた。驚いたことに慶吾まで、誰にもらったのか襤褸を巻き付けている。

ピーヒョロ、ピーヒョロロ。

頭上の空を鳶が旋回している。明け切った空は、皮肉なほど美しい青をしていた。土の間から黒ずんだ木材が出てきた。屋根を支えていた梁だろうか。

「うん?」

手が止まる。流れ落ちる汗が目に染みた。膝をつき、耳を澄ます。

聞こえる……か?

「左京、慶吾。来てくれ。何か聞こえないか」

左京と慶吾を手招きする。二人は地に耳を押し付けるようにしゃがみ込んだ。

「……聞こえる。犬の声だ」

慶吾が何度も頷く。まだ落としていない前髪に泥がこびりついている。

「確かに、聞こえます。犬がいる」

左京が柄を強く握りしめた。綱五郎が転がるような足取りで走り寄ってきた。

「い、犬だと」

「ああ、確かに聞こえる。子犬が鳴いているみたいな声だ」

クィーン、クィーン、クィーン。

か細い声は、はるか頭上の鳶の鳴き声にさえ掻き消されそうだ。

「草丸(くさまる)だ。おせんの犬だが。鶏の番をさせるて、おせんが貰(もろ)うてきたが」

綱五郎の大きな身体がぶるりと一度、震えた。声も震える。

「山が崩れるすぐ前まで、おせんが抱っこしとったで」

「みんなを集めて、この梁を取り除きましょう」

左京の口調は変わらない。震えてもいないし熱くも、昂(たかぶ)ってもいなかった。冷たい水を浴びせられた気がする。綱五郎が唸りながら、梁に両手をかけた。

「おーい、みんな、集まってくれ。この下にいるかもしれない」

慶吾が大きく両手を振りながら人を呼ぶ。「ほんとけ」「見つかったか」「急げ」村人たちの叫びが一際、大きくなった。

「おせん、おまき、待ってろよ。今、行くでな」

綱五郎の雄(お)たけびに近い呼びかけに、犬がさらに鳴く。いや、犬だけではない。

「おっとう。おっとう」

微かな、必死で聞き取らねば逃してしまうほど微かな声が足元から立ち上ってきた。

「おせん、おせんだ。生きとる」

綱五郎の顔面が紅に染まった。裂けるほど大きく、目を見開く。

「おせん、待ってろ。待ってろ。もうすぐだで。待ってろ。ちくしょう、こんな梁なんぞ……」

「止めろ」

左京の手が綱五郎の腕を打った。不意を食らって、綱五郎がよろめく。

「やみくもに動かすな。土が崩れたら、また埋まってしまうぞ」

綱五郎の顔がひきつる。喉の奥からくぐもった唸り声が零れた。

「……けんど、おせんが待っとる。おまきもおるに違いねえんだ。おせんが……待っとる。まだ、生きとるで……」

「生きているから慎重にするのだ。まず、梁の上の土砂を除く。梁を動かすのはそれからだ。焦るな。こういうときこそ落ち着け」

「……へい」

ぐびりと音をさせて息を呑み込むと、綱五郎は土を取り除き始めた。奥歯を噛みしめているのが頰（ほお）の張りではっきりとわかる。

藤士郎も鋤を持つ手に力を込めた。慶吾も、左京も、吉兵衛も、村人も鋤を振るい、鍬を使った。その後、丸太を梃（てこ）にして梁を動かす。

おせんという少女は生きている。生きていてくれた。ならば、それに報いなければならない。何としても報いなければならない。

「くそっ、負けるものか」

慶吾が呻いた。藤士郎も同じ呻きを零す。

負けるものか。負けるわけにはいかないのだ。

「よし、動いたぞ」

梁が取り除かれた。壊れた板壁や木材の間に、空隙がぽかりと開いた。そこから、父を呼ぶ娘の声が微かに響いてくる。

「おっとう……怖い……おっとう……」

「おせん」

「がんばれ、もう少しだ。もう少しの辛抱だぞ」

「偉いで。せんぼう、みんなおるでな。すぐ助けたるでよ」

人々が口々に声を掛ける。おせんはひたすら、父を呼び続けていた。

「おっとう……おっとう……おっとう……」

しかし、そこからが至難だった。もともと、掘立小屋よりややましな程度の苫屋だ。柱は細く、今にも折れて崩れそうだった。事実、時折ぎしぎしと不穏な音をたてている。崩れれば、おせんは助からない。かといって、無理に除けようとすれば、かろうじて支え合っている木材が保たないかもしれない。おせんがどうなっているのか、壊れた家がどう少女を閉じ込めているのか見通せないのだ。

動きようがない。

目の前の現に誰もが息を呑み、黙り込んだ。

「みんな、頼む。早う、助けたってくれ。おせんを頼む」

綱五郎が土の中に膝をつく。そのまま突っ伏してしまう。

「助けたってくれえ。助けたってくれえ。見殺しにせんといてくれえ。頼む、頼む」

どうすればいい。どうしたら、助けられる。

左京と顔を見合わせる。左京から先に、目を逸らした。

「おれ、もぐってみる」

背後で囁きに近い小声がした。小声ではあったが、はっきりと耳に届いてきた。

「慶吾」

慶吾が一歩、前に出てくる。

「おれが中に入ってみる。藤士郎や柘植どのには無理だろう。身体がでかすぎる」

「しかし、危ないぞ。中の様子がわからんのだ」

「山が崩れた。家が潰れた。今、危なくない所なんてどこにもあるものか」

「慶吾、しかし……」

「誰か、長い紐をくれ。丈夫な長い紐か縄だ」

慶吾は手拭いで頭を覆った。手渡された縄を胴に巻き付ける。顔には血の気がなかった。指先が僅かだが震えている。

待ってくれと叫びそうになった。

待ってくれ、慶吾。五馬は死んだ。この上、おまえまでいなくなったら、おれは……。

「おまえたちに命を救ってもらった。おまえたちが駆けつけてくれなかったら、おれ……殺されていたかもしれん。でも、おれだって助けてもらうばかりじゃない。誰かに返すことができるんだ。きっと……できる」

「言わなかったか？　おれは、おまえに随分と助けられてきたんだぞ」

慶吾が顔を上げた。藤士郎を見て、微かに笑う。白い歯がちらりと覗いた。

「縄の先をみんなで持っておきます。引っ張るときは合図してください。それと、結び目がそれでは途中で解けるやもしれませぬ」

左京が手早く縄を結び直す。慶吾が瞬きをした。

「ほんとだ、しっかりと結べてる。それなのに苦しくない。柘植どの、かたじけない」

「いや……礼を言われるようなことでは、ありませんので」

袴の裾を結び、用意が整うと慶吾は頭からそろりと間隙の中に身を入れた。柱や壁を集められる限りの縄で結び、村人たちが端を摑む。万が一崩れたとき、それがどれほどの抑えになるのか。心許ない。それでも、何もしないよりいい。

慶吾の小柄な身体が徐々に見えなくなる。

今、もう一度揺れが来たら。

脳裡を過った想いが恐ろしい。寒けがする。

「うわっ」慶吾の叫びが聞こえた。思わず、身を乗り出す。

「慶吾、どうした。どうかしたか」

「……いや、だいじょうぶだ。あ……」

それきり、暫くの間、声が途切れる。ただ、縄は微かに動いていた。その動きが指先に伝わる。生きている者の気配が伝わる。

刻が進まない。どろりと粘度をもって、伸し掛かってくる。頭上を舞っていた鳶も何処かへ飛び去り、雲も流れを止めたように見える。

慶吾……、無理をするな。無茶をするな。さっき告げた言葉は嘘じゃないぞ。おれは、本当におまえに、おまえたちに救われてここまで来たんだ。

傍らで左京が身じろぎした。振り返り、目を細める。こちらの気配は瞬時に尖っていた。ひりひりと肌に突き刺さってくるようだ。藤士郎は我知らず腰に手をやっていた。そこに刀はない。無用どころか邪魔になる。邪魔にしかならない物は置いてきた。丸腰だ。

「柘植、どうした」

「いえ、何でもありません。少し嫌な風を感じただけです」

「嫌な風？」

手の中で縄が蠢いた。断末魔の蛇のようにひくひくと震える。

「慶吾の合図だ」

藤士郎は全身の力を込めて縄を引いた。「慎重に」左京が声を大きくする。

「息を合わせて引くのです。いいですか、逸ってはなりませぬぞ」

いつもなら、左京の指図口調が気に障ったかもしれない。的を射た指図だけに余計に腹を立てたかもしれない。今、そんな余裕は一分もない。的を射た指図なら従うだけだ。

慎重に。焦らず、慌てず。慎重に、どこまでも慎重に。

この縄の先に人の命が繋がっているのだ。

命を手繰り寄せる。

さほど重いわけではないのに、腕にも肩にも脚にも力がこもる。首が突っ張って、痛い。ぽきりと折れそうにさえ感じる。手拭いから滲み出た血が縄を染めた。

柱の間から茶色の塊が現れた。

「うおうっ」綱五郎が叫ぶ。その声が四方の山からこだまになって返ってくる。

「うおうっ、うおうっ、おせん、おせん」

おせんは泥塗れの木偶にしか見えなかった。着ている物もほぼ剝がれ、半ば裸だ。泥から覗いた白い肌がかえって痛々しい。

「……おっとう」

「おせん、しっかりしろ。助かったからよ。助かったからよ。今、医者に連れてったる。おっとうがわかるな。おせん、おっとうだぞ」

「おっかあは……おっかあが傍におった……」

クィーン、クィーン。

穴からこれも泥塗れの子犬が、続いて慶吾が這い出してきた。子犬はふらつきながらも、おせんの近くに寄って鳴き続ける。綱五郎が抱き上げ、おせんに渡す。おせんの小さな手がしっかりと受け取った。

「お医者がおられるで、早う。急げ、急げ。わしんとこが家じゃ」

吉兵衛が声を張り上げる。

「慶吾！」

藤士郎はしゃがみ込んで喘いでいる慶吾に飛びついた。

「よくやった。よくやったぞ、慶吾」

「お武家さま」

綱五郎がおせんを抱き締め、ぼろぼろと涙を流す。

「おせんを助けていただきましたが。このご恩は生涯、忘れませんで」

頭を深く下げ、泣きながら駆け去っていく。慶吾は動かない。しゃがみ込んで喘いでいる。

「ほんとうにありがとうございました。御礼、申し上げます」

吉兵衛の一言に、村人たちが一斉に低頭する。しかし、慶吾は何も言わない。目を見開いて空を見詰めている。黒い眸が翳って、さらに暗くなっていた。

「慶吾？　どうかしたか。どこか痛めたのか。おい、慶吾」

肩を揺する。とたん、慶吾の顔が歪(ゆが)んだ。くぐもった呻きを漏(も)らし、その場に嘔吐(おうと)する。

「だいじょうぶか。苦しいのか、慶吾。おまえもすぐ義兄上のところに」

「見たんだ」

ぜえぜえと息を弾ませて、慶吾が言葉を絞り出す。細い掠(かす)れ声だったが、重い。こちらにずしりと響いてくる。藤士郎は口をつぐんだ。

「……崩れた屋根と柱の間に……ひ、人が挟(はさ)まってた。半分、潰れたみたいになって……死んでいると、一目でわかった。あ、頭が潰れてたから……」

「母親、だな」

まきという名の母親だ。娘は助かったが母親は駄目だったのか。

「……だと思う。は、母親が挟まっていたから、す、隙間(すきま)ができて……そこに、女(め)童(わらわ)がいて……助かった。小さな童がやっと座れるほどの隙間で……」

「そうか、母親が命と引き換えに娘を救ったのかもしれんな」

「おまきはおせんをかわいがっとりましたからな。自分の食べ分を削っても、おせんに、ひもじい思いはさせせんて、よう言うとりました。そうですか……亡くなっとりましたか」

吉兵衛が長い息を吐き出した。

「みなの衆、ここはもうええ。他に回ってくれ。まだ、下敷きになっとる者がおらんか調べるんじゃ。おったなら、すぐに人を集めて救い出さねばならんぞ」

吉兵衛の差配に従い、人々が散る。吉兵衛もしっかりとした足取りで去っていった。

「あの人をあのままにしておくのか」

慶吾の声が引きつる。

「あのまま見捨てるのか」

死者を見捨てるわけではない。生きている者を死なせないために、まずは動く。藤士郎は指を握り込んだ。疼く手のひらにあえて力を込める。やらねばならないことは、まだ終わっていない。これからだ。

長い一日になる。

「挟まったままで、つ、潰れたままで……放っておかれたら……」

「大丈夫です。死者は急ぎませぬ。いつまでも待つことができますから」

左京の声音はいつも通りどこか冷たい。けれど、今はその冷たさが心地よい。心内の熱を冷ましてくれる。慶吾が身体を震わせた。

「おれ……見たんだ。いや、見られた。あの人の顔がこちらを向いてて……半分潰れた顔で……め、目も一つしかなくて、そ、その目がおれを見ていて……。く、暗いのに、壊れたところから日が差し込んでて、か、顔だけ白く浮き上がってた。血で赤く染まってて……血と土が混ざり合って臭って……」

「慶吾、もう止めろ。もう、しゃべるな。今は休め。な、休もう」

両手で顔を覆う慶吾を「軟弱者」と謗るのも、「母親は必死におまえに訴えてたんじゃないのか。おせんを助けてくれって」と諭すのも容易い。けれど、容易いものは何の役にも立たないのだ。慶吾は潰れた女を見た。生々しく、見た。その記憶に喘いでいるのも幼い少女を助け出したのも、慶吾の現だ。父親を介錯し、友を斬ったのが藤士郎の現であるように。

「歩けるか」

手を差し出すと、慶吾は拒むように首を横に振った。一人で立ち上がる。

「……大丈夫だ。取り乱してすまん。やはりおれは意気地なしだな」

「意気地なしは、命懸けで穴に潜ったりせんだろうが」

慶吾の唇がもぞりと動いた。泣くような笑うような表情になる。

「あの童からは母親は見えなかった。よかったと……思う。それはよかったと、おれ、思う」

「うん、そうだな。母親が守ってくれたことだけ、おせんには伝えような」

「藤士郎」

「何だ」

「そういう優しい物言いはやめてくれ。慰(なぐさ)められているようで、何だか嫌だ」

「おれは別に慰めようなんて思っちゃいない。おまえの具合が悪そうだから休めと言ってるだけではないか。何でもかんでも捻(ひね)くれて取るな」

「捻くれてなんかない。無礼だぞ、藤士郎」

左京がわざとらしいため息をついた。

「お二人とも、じゃれ合うのはそこまでにしていただきたい。それより、次にやるべきことがあるのではありませぬか。村の中で倒壊した家が幾つあるのか捉え切れてないのですよ」

「わかっている。柘植はそうやって、いつも説教しようとする。悪い癖(くせ)だ」

「あ、確かにそうだ。説教癖があるなあ。うちのおふくろさまと、ちょっと似ているかも」

「は？　それはまた、心外な」

左京の顰めた顔がおかしい。笑いが口をついたとき、足元から揺れが伝わってきた。

「また、地動だ」

慶吾が悲鳴を上げ、しゃがみ込む。

「違う。山だ。山が崩れる。山津波だ」

崩れて土の剝き出しになった山肌、その隣の、かろうじて木々の残っていた箇所が崩れていく。二抱えも三抱えもありそうな大岩が地面から吐き出されたかのように跳ね、転がってきた。弾き飛ばされても、下敷きになっても、まともにぶつかったらとうてい助からない。

「逃げろ、早く」

慶吾の腕を力いっぱい引っ張り、駆け出す。小石がばらばらと降ってくる。

「あっ」目の前で、左京が倒れた。泥に隠れた穴に足を取られたのだ。まるで大地の仕掛けた罠のように、見えない穴があちこちに開いている。

「つっ」左京が小さく唸った。

「挫いたか。おれに摑まれ」

「いえ、たいしたことはありません。大丈夫です」

「馬鹿、こんなときに強がっていてどうする。急げ、走るぞ」

左京を引き起こしたのと慶吾の悲鳴を聞いたのは、ほぼ同時だった。

「うわっ、藤士郎、逃げろ」

赤茶けた土の流れが迫っていた。急流だ。視界の隅で家の残骸が押し流されていった。とっさに左京を突き飛ばしていた。自分も逃れようとした刹那、右足が疼いた。幼いころ傷つけた足は、たまにだが疼いて、痺れる。

おい、まさか。

右足を無理やり動かそうとしたとき、衝撃がきた。周りの風景が消える。赤茶色に塗り込められる。妖怪の腕が舌が絡みついて、引きずり倒される。この世のものではない力だ。

口を塞げ、鼻を塞げ、藤士郎。

誰かがすぐ耳元で叫んだ。懐かしい声だ。なぜか、青い草の匂いを嗅いだ。

あ、五馬。

身体が一回転する。草の匂いが濃くなる。闇が広がり、何もわからなくなった。

突き飛ばされ、坂を転がる。飛び起きた頭上で、地の鳴る音が響いた。山土がうねりながら流れていく。まさに、津波だ。

左京の初めて目にする光景だった。天羽の山々は深く、谷があり、涸沢があり、渓流があり、断崖があった。隈なく歩けば、崩崖もところどころで見受けられた。それでも、概しておとなしい、優しい山々だと左京は思い込んでいた。木々も木々の果実も山菜も豊富で、薬草も種が多い。道は険しく人を拒みもするが、恵みをたっぷりと与えてもくれる。葉を茂らせ、牢屋敷を隠し、死にゆく者を包み込む。おとなしく、優しい。

覆された。

左京の住んでいた能戸とは違うとはいえ、同じ天羽の山だ。それが、猛り狂っている。生贄を求める悪神の如く、家も畑も人も食らってしまう。人も食らって……。

「藤士郎！」

風見が藤士郎の名を呼んだ。「藤士郎！　藤士郎！」呼びながら坂道を這うように上っていく。しかし、そこには何もなかったし、誰もいなかった。山土が全てを覆っている。

「うわぁぁっ、藤士郎が、藤士郎が埋まった」

悲鳴が突き刺さってくる。背中が一瞬、強く痛んだ。ここを突き飛ばされた。突き飛ばされなければ、山の津波に呑み込まれていた。

「藤士郎、藤士郎、どこだ、返事してくれ」

風見は両手で土を掻き出し始めた。一度だけ振り向き、「柘植ぇっ、手伝え」と叫んだ。両眼が血走っていた。村人たちもやってくる。「どがした」「誰がやられた」「急げ、みな、来い」「用心しろ、また崩れるかもしれんぞ」「手伝え、早く」「藤士郎、藤士郎」……様々な叫びや喚き（おめき）が混ざり合い、うぉんうぉんとこだまする。まさに鬼神の咆哮だ。

落ち着け、落ち着け、落ち着け。

自分に言い聞かす。背中に藤士郎の手の熱さが残っている。北焙（ほくばい）を押し付けられたようだ。

左京は両手を握りしめ、視線を巡らせた。

どういう具合なのか、あの大岩は途中で止まっている。その岩に進む方向を遮られる格好（かっこう）で、土の流れは二つに分かれていた。大きな流れは西側に向き綱五郎の家と女房をさらに押し流した。だから、こちら側に向かってきたものは、さほどの量も勢いもなかったはずだ。一人の男を押し流すほどの力があったか。だとしたら……。

「もっと上だ。上を掘れ。道具を使うな、手で掘れ」

風見が、村人が一斉に視線を向けてきた。絡みつく視線は絡ませておけばいい。左京は泥の中に両手を突っ込み、犬のように掻く。風見が傍らにひざまずいた。無言のまま左京と同じ仕草を繰り返す。全身が細かく震えていた。左京も自分の指先が震え、思うように動かせないと気が付いた。初めてのことだ。どんなときも、この指はこの手は左京の意のままに動き、事を為(な)していった。能戸の屋敷に送られてきた男たちの首を刎(は)ねるときも、その遺体を整えるときも、襲ってくる賊の鼻先を斬り落としたときも、女の柔らかな乳房に触れたときも、思い通りに使うことができた。それなのに、今、この肝心な折に震えて役に立たない。

「ちくしょう、ちくしょう、こんなことってあるかよ。ちくしょう」

さっきの綱五郎のように風見が罵詈(ばり)をまき散らす。左京は強く唇を噛んだ。指先が硬いものに当たる。石だ。大人の握りこぶしほどの石が交ざっている。一つだけではない。さらにもう一つ、いや、二つ。土の中から出てくる。

これが頭に当たったら、人はどうなる。

さほどの量も勢いもない。そう判断したつもりだけれど、判断ではなく望みではなかったか。実際はかなりの勢いがあって、その勢いのままに石が頭を直(じか)に襲ったら……、襲ったら人はどうなる。

グシャッ。人の骨の潰れる音がよみがえってくる。

何年前になるか。切腹を拒み、喉を突いて死んだ男がいた。五十絡みの大柄な男だった。

身を処する前に咎人に望みを一つ尋ねるのが、牢屋敷の習いとなっている。酒を所望する者、山鳥の肉を食したいと言う者、暫し一人になりたいと願う者、様々だった。一差し舞った者も、女を抱かせろと言い張った者も、長い文を認めた者もいた。

「死後、顔を潰してくれ」

男はそう言い切った。さすがに、驚いた。それまで耳にしたこともない望みだ。

「誰かわからぬほど潰してほしいのだ」

暫し沈黙し、左京は答えた。

「承知いたしました」

それより他に言うべきことはない。男は「世話をかける」と頭を下げた後、にやりと笑った。あの笑いが何だったのか今に至るまでわからない。

男は寸刻の後、自ら喉を突いた。左京は男の望みを叶えた。仰向けにした遺体の顔に白布を被せ、上から木槌を振るったのだ。

グシャッ。人の頭蓋の壊れる音がした。

とっくに忘れていたはずの音を、今、生々しく聞いた。人は案外に脆く、潰れる。握りしめた石をどうしていいか、途方に暮れる。指先はまだ震えていた。

これが、頭に当たったら……壊れるのか。

「見つけた」

村人の一人が大きく手を振る。痩せた腕が大きくしなって見えた。左京のいるところから、二間ほどしか離れていなかった。

「藤士郎」

風見がほとんど這うようにして前に進む。左京も後に続いた。

藤士郎は海老のように身体を丸め、両手で顔の下半分を覆っていた。数人の村人が土砂から引きずり出そうとする。「がんばんせ、お武家さま」「お武家さま、お武家さま、助かりやしたで」口々に励ましながら引き上げる。引き上げたとたん、二つの腕がぶらりと垂れた。振り子のように左右に揺れる。全く力がこもっていないのだ。目は固く閉じられたままだった。身体中に赤茶色の泥がこびりついて、人とは思えない。

「藤士郎、藤士郎、生きてるよな、藤士郎」

藤士郎に縋りつこうとする風見を押しのけ、泥塗れの腕の寸口に指を置いた。脈を探る。

「柘植……、柘植どの、どうなのだ藤士郎は」

指の腹に確かな脈拍が伝わってきた。その場にしゃがみ込みそうなほどの安堵を覚えた。

いや、まだだ。安心するのは、まだ、早い。

藤士郎を背負う。風見が後ろから支えてくれた。

「医者はどこにいる」

男が答えてくれた。

「吉兵衛さまの屋敷におらっしゃります。怪我人が運ばれてきとります」

「お医者さまがおられますで、きっと助かりますで」

藤士郎を見つけた男だ。

男の励ましに背を向けて、走る。背中に人の温もりと重さが伝わってきた。

吉兵衛の屋敷内は大層な騒ぎになっていた。

土間と板間には怪我人が運び込まれ、台所では炊き出し用の雑炊(ぞうすい)が湯気(ゆげ)をあげている。男たちは疲れ果てて座り込み、女たちはその間を掻き分けて走り回る。怪我人は、ある者は板間に敷かれた茣蓙(ござ)の上に横たわり、ある者は壁にもたれていた。呻く者も虚ろな眼差(まなざ)しをさ迷わせている者も静かに目を閉じている者もいた。

「湯を沸かせ。それと、晒(さらし)を集めろ。ありったけの晒だ。怪我人を勝手に動かすな。口の中の泥を掻き出せ。水を、水を持ってこい。傷を洗って、泥を流せ」

宗太郎が大声で指示を出している。傍らで襷(たすき)姿の美鶴が助手を務めていた。

「美鶴さま」

振り返った美鶴が一瞬、息を詰める。目尻が裂けるかと思うほど大きく、双眸(そうぼう)が見開かれる。無言で立ち上がると、美鶴はよろめきながら近づいてきた。

「藤士郎！」

弟の名を呼ぶ声が悲鳴に近い。

「藤士郎、どうしたのです。何があったのです」

「二度目の山津波に巻き込まれました」

今度ははっきりと悲鳴を上げ、美鶴は泥塗れの弟を抱き締めた。

「宗太郎さま、早く、早く、お願い」

村人たちの手で藤士郎が板間に運ばれていく。風見が土間に膝をついた。「藤士郎」ため息に似た弱々しい呟きが零れる。

「どうして、左京、あなたが付いていながら、どうしてこんなことになったの」

美鶴の言葉が眼差しが尖り、斬りつけてくる。

「美鶴さま、それは違います。柘植どのを咎めるのは違いますぞ」

風見が腰を上げ、頭を左右に振った。美鶴の身体が小揺るぎする。

「……ほんとに、筋違いでした。取り乱してしまって……。許して、左京」

身を翻（ひるがえ）し、美鶴は板間の奥に消えた。風見がまた、座り込む。老婆が雑炊の椀を差し出してくれた。欠けた木器の中に粟（あわ）や稗（ひえ）や細切れの菜が浮いていた。

「お武家さまの口に合うかどうかわからんけども、食ってござっしゃ。食わねえと身体に力が入らねえで。生きとる者が踏ん張らんとの。もう、一踏ん張り、頼みますで」

渡された雑炊は薄く、僅（わず）かに塩味がするだけだった。それでも、美味（うま）い。

「美味いなあ」

風見がほっと息を吐き出した。椀の中身をきれいにすすった後だ。

「こんなときなのに、美味いって感じるんだ」

箸（はし）を置き、左京を見上げる。泥に汚れた顔の中で唇だけが瑞々（みずみず）しく赤い。

「おい、動ける者は動いてくれ。二合の久作（きゅうさく）の家が半分、潰れとる。爺（じい）さまの行方がわからんらしいで、急げ」

戸口で男が呼びかけた。しゃがんでいた村人が立ち上がる。

「お城はどうなんじゃ。お城もやられたんけ。助けは来てくれるんがよ」

「城下は無事だ。揺れはしたが、ここほど酷うはないそうじゃ。だから、直に助けがくるはずじゃ。皆の衆、それまで踏ん張ってくれ」

答えたのは吉兵衛だった。「おうっ」と声が上がる。それをバネにしたかのように、男たちが次々と外に飛び出していった。風見がまた、息を吐き出した。

「よかった。城下がさほどでないなら、母上もご無事だろう」

「ええ、地動よりも山崩れの害が大きかったと思われますから。城下はさしたる打撃はなかったのでしょう。ただ……」

「ただ？」

「いえ、別に何も」

ただ、城から助けが来るかどうかは怪しい。役人は来るだろう。この有り様を上に報告する役目だからだ。報告の後、どうなるのか。楽観はできない。

ちらりと吉兵衛を窺う。村の世話役として、役人と常に掛け合ってきた老人は暗い眼つきをしていた。憂いと危惧に満ちた眼だ。現の残酷を骨の髄まで知っている者の眼でもあった。

「よし、おれたちも行こう。爺さまを救い出さなければな。救い出して帰ってきたころには、藤士郎も目を覚ましているはずだ。うん、きっと覚ましている。あいつは強いんだ」

鋤を担いで、風見が出て行く。

あなたが付いていながら、どうしてこんなことになったの。

美鶴の叫びがまだ残っている。突き刺さったままだ。付いているどころではない。藤士郎を危地に陥れた。風見はかばってくれたが、自分の非であるのは間違いない。

助かるだろうか。

人は存外強靱でもあるし、たわいなく滅びもする。風見のように助かると信じ切れない。

左京は鋤の柄を握った。自分を救ってくれた男の命は、医者に託すしかない。今、やるべきことをやるしかないのだ。

クィーン、クィーン。

どこかで子犬が鳴いている。

久作の爺さまは助からなかった。崩れた屋根の下敷きになって事切れていた。他にも崩れた家は何軒かあったが、死者はいない。それでも村内で四人が亡くなり、まだ行方の知れない者が一人いる。揺れは収まったが、崩れた山肌からは時折、小石や土砂が落ちてくる。

慟哭（どうこく）と不安に満ちた、長い一日が終わろうとしていた。誰もが疲れ切っていた。左京もこびりついた泥を洗い、着替えはしたが、身体は重く節々が疼いた。空腹のはずなのに、水より他に口にする気が起きない。喉だけは底なしに渇いた。

藤士郎は目を覚まさない。眠ったままだ。

「どうして、目を開けないのでしょうか」

茂登子が宗太郎に問うた。乱れる息を抑えようとしているのか、胸の上で両手を重ねていた。問われた宗太郎が低く唸る。

「うーむ、大きな傷を負ってはいないのだが。さして血が流れたわけでもなし……。もしかしたら、頭の内で出血があるのかもしれん」

「出血……。もし、もしそうなら、藤士郎はどうなります」

美鶴が夫の膝を揺すった。宗太郎がまた、唸る。今日一日の奮闘で頬がこけ、顔が細長く見える。目の下にもくっきりと隈ができ、疲れを際立たせていた。

「わからん。頭の内まで見通す術がないのだ。万が一、そうであるなら……」

「万が一、どうなるのですか」

「うむ、いや、その。だいたい、わしが学んだのは本道であって外科はとんと未熟で」

「宗太郎さま、ちゃんと、お答えください」

「いや、だから、このままということも……」

「このまま！　馬鹿おっしゃい。そんな馬鹿なことがあるものですか。宗太郎さま、何とかしてくださいまし。早く、藤士郎を起こしてくださいな。あなた、お医者さまなのでしょう」

「いや、医者とはいえ、なり立てほやほやで……。正直、戸惑うことばかりだ」

「そんな情けないことをおっしゃらないで。しっかりしてください。お願いですから」

美鶴が歯を食いしばる。嗚咽を漏らさぬために、固く食いしばる。

「むろん、できる限りの手は打つ。美鶴、この薬をそこの湯で溶いてくれ。一匙ずつ飲ませるのだ。口の中に流しいれればいい」

「はい」

「泣くな。泣いても何も変わりはせんぞ」

「泣いてなどおりませぬ。藤士郎が生きておるのに、泣いたりするものですか」

左京は掻巻（かいまき）から僅かに出た指先に触れてみた。温かい。

帰っていらっしゃい。逝（い）くにはまだ、早すぎますぞ。

心内で語り掛ける。

死者の葬り方は懇（ねんご）ろに教わった。しかし、生者に生きろと語り掛けた覚えはない。

左京は、自分がひどく不器用で心許ない者なのだと気が付いた。それでも語り掛け続ける。

あなたは帰ってこなければならない。為すべきことが、ここにあるのです。

「藤士郎、飲んで。お薬よ」

「焦るな。ゆっくりと喉の奥に流し込め。ゆっくりだぞ」

宗太郎が藤士郎を起こし、美鶴が匙を運ぶ。

「あっ」声を上げていた。知らぬ間に喉の奥から飛び出したのだ。

「指先が動いた」

「えっ」茂登子と風見が身を寄せてきた。藤士郎の指が左京の指先を握り込む。

「ほんとだ、ほんとに動いてる」

「藤士郎、藤士郎、聞こえますか。母ですよ。母が傍におりますからね」

「藤士郎、おれもいるぞ。頼むからおれ一人を残さんでくれ。返事してくれよ」

「揺するな、馬鹿者」

宗太郎が怒鳴る。風見が首を縮めた。

「美鶴、全部、薬は飲ませたな」

「はい」

「よし、ではこれで様子を見よう。声を掛けるのはいいが、身体を揺するな。義母上、手を握って、しっかり名を呼んでやってください」

「は、はい。藤士郎、藤士郎、母がわかりますね。藤士郎」

左京は静かに立ち上がると、外に出た。

空はまだ、僅かに明るい。山の端のあたりが桔梗色に染まり、小さな星の瞬きを幾つか数えることができた。間もなく、夜が訪れ、全てを漆黒に塗り潰してしまうだろう。

夜が来る。本当に長い長い一日だった。一年にも二年にも思える。

「左京」

呼ばれた。優しい声だ。さっき、飲ませていた物だろうか。薬草の青い香りがした。この人はこれから、この匂いに包まれて生きるのだと思う。

「どこに行くつもりですか」

美鶴が問うてきた。

「みなさまの着替えを取りに行って参ります。他に何か持ってくる物がございますか」

「沢山あります。お米も、干した山菜も、塩漬けにした魚も、あるだけの食べ物を持ってきてください。炊き出しに使います。それと、宗太郎さまのお薬と晒も、まだ残っているはずですから一緒にお願いいたします」

「心得ました。そのようにいたします」

「左京。帰ってきますね。どこにも行きませんね」

美鶴の手が腕を摑んだ。指が熱い。

「行きません。言い付けの物を調(ととの)えて、すぐに帰って参ります」

指が離れる。美鶴がほうっと息を吐いた。

「わたしは、あなたに詫(わ)びねばなりません。さっき、心無いことを言ってしまって。わたしは……あなたがいつも、藤士郎を守ってくれると思い込んでいて……。でも、それはあなたにも藤士郎にも無礼なことでした。あなたたちは守る、守られるという間柄ではないのでしょう。でも、いえ、だから、帰ってきてちょうだい、左京。どこにも行かないで。わたしはもう誰も……誰も、失いたくないのです」

「帰って参ります。藤士郎さまに借りを作ったまま消えるわけにはいきませんから」

大きな借りができた。命を懸けての借り、今まで誰からも受けたことのない他借だ。

やはり厄介な男だったな。

空を仰ぐ。さっき瞬いていた星々は雲に隠れたか、どこにも見当たらなかった。

クワッ、クワッ。

雄鶏が鳴いた。警戒の声だ。紅佐という名だと風見が教えてくれた鶏だろうか。鶏小屋が壊れたので、狐狸の類を用心しているのだろう。警戒の声は止まない。

左京は庭に立ち、濃い闇溜まりを見詰めた。

「いつまで、こそこそ隠れているつもりだ。いいかげん、隠れ鬼にも飽きたろう」

闇がくねる。それは人の形になり、ゆるりと動き出す。夜目の利かぬ者なら物の怪とも見間違い、おののきもするだろう。が、人は人であって物の怪にも夜叉にもなれない。

「さすがに気付いていたか」

「それだけ不穏な気配を出していれば気付きもする。嫌な風だった。で、おれに何か用か、丹沢」

相手を呼び捨てる。闇に紛(まぎ)れて物の怪に似る者に礼はいらない。

横目付配下ゐ組小頭丹沢佐々波。能戸の牢屋敷でそう名乗った男だ。名乗った通りの正体なのかどうかは疑わしいが、どうでもいいことだ。

殺気を隠そうともしない相手が、目の前にいる。

「たいした用ではない」

丹沢が鯉口(こいぐち)を切る。殺気が揺らめいた。紅佐が低く鳴き続ける。

「おぬしらを始末せねばならなくなった。それだけだ。まぁ、面倒といえば面倒な仕事ではあるが。仕方あるまいな」

「誰の指図だ。四谷か重臣たちか。それとも藩主自らに命じられたのか」

「ふふん。おまえら如き小童(こわっぱ)を始末するのが、殿の思し召しだと言うのか。思い上がるのも大概にしておくのだな」

「それはどうかな。柘植の者は、能戸の牢屋敷で咎人たちの語った言葉全てを知っている。藩主が消し去りたいと望んでも別におかしくはなかろう」

沢近く、木々に隠れた屋敷は、天羽藩の政（まつりごと）の闇と汚濁（おだく）を包み込んできた。それは決して表には出せない、明らかにしてはならない事実だ。どれほどの裏切りが、どれほどの謀略が、どれほどの残虐が行われてきたか、知られてはならない。代々の藩主は、能戸の牢屋敷から目を逸らし、無いものとしてきた。己の治世には裏切りも謀略も残虐も無縁だという風に装った。それはそれでいい。どの藩だとて、いや、公儀だとて闇を抱える。光だけで成り立たないのが政であり、国なのだろう。小さな藩の、それでも深い闇を引き受けるのが定めだと祖父から言い聞かされて育った。しかし、その祖父はまた、自分たちの定めの脆さをもただ一人の孫に伝えたのだ。

「我ら柘植の者は、あまりに多くのことを知り過ぎた。藩主がもし、それを厭（いと）い、危ういと感じたのなら、我らに未来（さき）はない。万が一のことがあれば逃げろ」

祖父はそう言った。確か、死の三日前だった。

「逃げるのだ、左京。迷わず逃げろ。そうすれば、軛（くびき）が外れるやもしれん」

とも言った。祖父は逃げなかった。軛を付けたまま一生を終えた。遺言に近いあの言葉は忠告だったのか讖（しん）だったのか。

「そうよな。おかしくはない。邪魔なものは取り除けばよいだけのこと。おまえも伊吹の若造も切り取って、捨ててしまえばよい。さぞかし、すっきりとしよう」

左京は眉を寄せた。

丹沢は、自分だけでなく藤士郎まで葬るつもりなのか。では、柘植の家に関わっての暗躍ではないわけだ。となると……。

丹沢が刀を抜いた。左京は半歩、足を引く。

「おまえらはもう、用無しよ。邪魔なだけだ」

「ということは、藩主側と重臣らが手を結んだ、ということか」

返事はない。無言が答えというのであれば、大きく的は外していないだろう。こちらが、必死で土砂や山津波と戦っていたときに、城の奥では手打ちが進んでいたわけか。

笑える。

「で、どういう落とし処に落ち着いたのだ。少なくとも、津雲や川辺は腹を切らずに済んだのだな。そのまま、家老の地歩(ちほ)も安泰(あんたい)なわけか」

ふふと低い笑いが聞こえた。

「何も知らぬまま死ぬのも、口惜(くや)しかろうな。しかし、教えてやれることは多くない。家老たちが致仕(ちし)を条件に一切を不問に付すよう申し出たとも聞いたが、詳しくは知らぬ」

なるほど、そういう決着に行きついたか。

高齢、他の事情で自ら致仕したとすれば、切腹どころではない。安穏で豊かな晩年が約束される。屋敷も蓄えた財もそのままに、藩から相当の生涯扶持も出るはずだ。致仕料として、破格の金子が示されたのかもしれない。下手に藩主に叛けば逆臣の汚名をかぶる危惧もある。それならば、〝安穏で豊かな晩年〟を選ぼうか。老齢の津雲はもとより、川辺もそう決断したか。したとしても不思議ではない。四谷たちにしても、事を荒立てずに済むならそれに越したことはなかろう。藩政から重臣たちを一気にはじき出すのではなく、家老たちの色合いを徐々に薄めていく方便をとった。これも不思議ではない。刺客だの密書だのと騒ぎながら、四谷は密かに裏で手を打っていたわけだ。もしかしたら、風見を始めとして密使たちは誰一人として天羽の外に出られなかったのかもしれない。端から出すつもりはなかったのか、阻止する力が勝ったのか。どちらにしても、風見を除いて密使たちは生きてはいまい。四谷の手際の良さに、重臣たちが怯んだのかもしれない。

かもしれない。全て推察だ。城の奥で蠢く算段や思惑を完全に捉え切るのは至難だった。それは、物の怪そのものだ。常に形を変え、摑みどころなどない。

ただ、笑える。

伊吹斗十郎の遺した書状も証文もさしたる役には立たなかった。石田の死も、同じだ。いや、あれらがあったから重臣たちを致仕まで追い詰められたと言う者がいるだろう。けれど、同じだ。政は変わらない。恣(ほしいまま)にするのが誰なのか、そこが変わっただけだ。

民のための政を。

藤士郎は呪文のように口にするけれど、そんなものどこにもありはしないのだ。

笑える。猿芝居に付き合ってきたようで、たまらなくおかしい。

「死ね」

風を切る音がした。避(よ)ける。反転した太刀(たち)がまた唸りを上げる。受け止め、撥(は)ね返したとき、左京は舌打ちしていた。

身体が重い。足が鈍く痛み、踏ん張りがきかない。一日、鋤を使い、土砂を掘っていた腕がいつもほど滑らかに動いてくれない。

こやつ、ここまで見越して仕掛けてきたか。

もう一度、舌打ちをする。丹沢を卑怯(ひきょう)だとは微塵も思わない。真剣で斬り合うつもりなら、自分が生き残る手はずを整えるのは当たり前だ。

背中に汗が滲む。丹沢の剣は速く、執拗（しつよう）だった。

「ふむ、逃げるのが上手（うま）いな、柘植。おれの剣をここまで凌（しの）いだやつはいなかった。冥土（めいど）の土産（みやげ）に褒（ほ）めてやるぞ」

「おれたちを殺せと命じたのは、誰だ」

問うてみる。刻を稼ぐつもりはなかった。稼いでもどうにもならない。むろん、この男に斬り捨てられるつもりもない。

気になったのだ。誰が何のために刺客を送ってきたのか。今、自分たちを殺さねばならないわけを誰が持っているというのだ。

「おれ自身だ」

「なに？」

「おれがおまえたちを殺す。弟の仇（かたき）を討たねばならんからな」

「弟だと」

「古道での刺客の中に弟がいた。そして、おまえたちに殺されたのだ」

「刺客は重臣たちの手の者だろう。おまえは、藩主側についていたのではないのか」

「弟とは意見を異にした。丹沢の家を守るためにも、別の道を選んだのだ」

なるほど、どちらの勢力が勝っても家を残すための方便か。納得する。納得できないことは他にあった。

「刺客を殺した覚えはないな。骨は折ったかもしれんが、命取りにはなっていないはずだ」

「弟は剣士だった。藩内でも一、二を争うほどのな。おれが手ほどきして育てたのだ。それがおまえたちに肩の骨を砕(くだ)かれ、二度と剣を持てぬ身となった。昨夜、遅く、弟は喉を突いて果てた。腕が使えぬため腹を切れなかったのだ。おまえたちは、弟の武士としての矜持(きょうじ)まで奪った。だから、仇を討つ」

「馬鹿馬鹿しい」

思わず吐き捨てていた。

剣が使えぬのなら使えぬように生きればいい。死に方は限られるが、生き方は果てなくあるではないか。それに、刺客として相手を襲う以上、死ぬ覚悟はあって当然だ。それとも、殺す覚悟はあっても死ぬ覚悟はなかったのか。丹沢にも弟とやらにも。

丹沢が下段に構え、腰を落とした。身体をやや開く。下から跳ね上がった刃(やいば)はすぐさま、突きの一手に変化する。最初はかろうじてかわした。しかし、次はどうだ。

足の重みが増している。痺れさえあった。

まずいな。

じりじりと丹沢が近づいてくる。その足元を雌鶏(めんどり)がけたたましい声を上げて走った。地面に蹲(うずくま)っていた一羽だ。クエーッ。不意に紅佐が高く鳴いた。羽音を響かせて、飛び上がる。鉤爪(かぎづめ)が丹沢の顔面を襲った。それより一瞬早く、刃が閃(ひらめ)き、紅佐の体は二つに裂かれた。羽毛が四方に散る。

左京は満身の力を込めて、地を蹴った。剣が跳ね上がった刹那、丹沢の小手に隙ができた。

見逃すほど甘くはない。

身体を沈め、刃ごとその隙に飛び込んでいく。

「ぐわあっ」

悲鳴が上がり、丹沢が地面に転がった。血飛沫(ちしぶき)が舞う。まだ羽毛の漂う夜気の中を散る。手首を押さえ、丹沢はよろめきながら闇の向こうに姿を消した。

血の臭いだけが残る。

左京は、裂けて二つに分かれた鶏を摘まみ上げた。臓物がぶら下がり揺れる。

「助けてもらったな。肉は余さず食ってやる。成仏(じょうぶつ)してくれ」

紅い鶏冠(とさか)の下の目が、じろりと睨(にら)んできた。そんな気がした。

「おーい、おーい」

声がする。風見の声だ。提灯を提げ、走ってくる。

「おーい、柘植どの。いるか」

「ここに」

「藤士郎が目を覚ましした。白湯も飲んだ。もう大丈夫だ」

息を弾ませて、風見は伝えた。

「わざわざ、報せに来られたのですか」

「そうだ。気にしているだろうと思って……」

「わたしが？」

「柘植どのが、だ。随分と心配していたではないか。だから、無事だと報せに来たのだ。よかった、ほんとによかったよな。やっぱり藤士郎は強い」

提灯の明かりの中で、風見が笑う。一点の邪心もない笑顔だ。

得体のしれない政の下で、こういう笑みを作る男も生きている。民のための政を呪文のように口にする男もいる。村の子に読み書きを教えるのが生き甲斐だと言う女も、家を捨て医者になった男も、その妻として僻村に生きる決意をした女もいる。

左京は風見の笑顔から目を逸らし、僅かに息を呑み込んだ。

十日が過ぎた後、城からの沙汰（さた）が砂川村に下った。

「御救（おすくい）夫食米（ぶじきまい）」十俵、麦十俵を正式につかわす。

土砂除け、面々御百姓自力にて努めるべし。

年貢納入については半年の猶予（ゆうよ）を認め、四分の一を免除する。

大まかにいえば、そういう内容だった。

米と麦を僅かばかり与える。土砂の取り除き作業は村人たちで担え。年貢の納入は延期するし、納入量も平年の四分の三で構わない。

「とんでもねえ話だ。藺草田は半分がとこやられたで」

「いつもの半分も採れねえ。検分使さまは何を見て帰られたんだ」

「このままじゃ、おれら、どうにもならんで。砂川は亡所（ぼうしょ）になってまうが」

「その前に、わしら餓（う）えてしまう」

村人たちの訴えを吉兵衛は黙って聞いていた。


「吉兵衛どの」

夜が更け、村人たちが引き上げた後も動こうとしない老人に、藤士郎は声を掛けた。その傍らに座る。左京が音もなく後ろに腰を下ろした。

「訴状を出されるおつもりか」

吉兵衛が微かに頷く。乾いた唇が動いた。

「それしか手はありますまい。直にお城に訴え出ます。検分使さまが当てにならぬ以上、仕方ありますまい」

「城はおそらく、砂川どころではないのです」

藩政の有り様のだいたいは左京から聞いた。藩主の言う〝改新〟とやらが進もうとしているのだろう。山間の村まで目が届かない。小さな村の一つや二つ、どうなろうが心を寄せる為政者はいないのだ。しかし、見捨てられるわけにはいかない。ここで生きている者たちは、ここで生きていかねばならないのだ。誰が政を司ろうと、生きていかねばならない。

「我らに供をさせていただきたい」

吉兵衛は顔を上げ、微かに眉を寄せた。

「しかし、伊吹さま。それは……」

「村人が動けば、強訴と受け取られかねません。そうなれば、吉兵衛どのの命も危うくなる」

「いや、今更、命を惜しむ気はございません。ただ、訴えを聞き届けてくれるかどうか。伊吹さまのおっしゃる通り、ご執政のみなさまは砂川どころではないのでしょう。どなたか一人でも心を向けてくだされば……」

「ならば、余計に同行いたしましょう。いや、訴状そのものを我らに託してはくださらぬか」

吉兵衛が目を剝く。

「それは、なりません。村を代表して訴え出るのはわたしめの役目でございますで」

「試してみたいのです」

「え？」

「天羽の政がどう変わったのか、変わるのか試してみたいのです、吉兵衛どの」

吉兵衛の黒目が左右に動く。戸惑いが広がる。

「砂川の村人を救えないで何のための政かと、わたしは思います。天羽に真の政が生まれるのかどうか、訴状が教えてくれる。そんな気がしておるのです」

「伊吹さま……」

「吉兵衛どの、一度だけ、ただ一度だけ、我らを信じて託してはもらえませぬか」

「……伊吹さま、けれど、お身体の方はもうよろしいので」

「大丈夫です。それに、柘植がおりますから」

吉兵衛は藤士郎から左京に視線を移した。

囲炉裏の中で粗朶（そだ）が燃える。炎が立ち、煙が上がる。吉兵衛は腕を組み、俯（うつむ）いたまま微動だにしない。梟（ふくろう）が驚くほど近くで鳴いた。


「ほんとに、あなたたちは心配ばかりかけるのねえ」

美鶴が息を吐き出す。それから、藤士郎と左京の背中を交互に叩いた。

「母上さまには、此度（こたび）のこと内緒にしてあります。だから、ちゃんと帰ってきてください。でないと、わたしが叱られますからね」

「姉上が叱られるところ、一見の値がありますね」

「また、そんな憎まれ口を」

美鶴が唇を尖らせる。

頭上の空は晴れ渡っているが、凍えるような風が吹いていた。

「では、行って参ります」

「早くお帰りなさい。正直、あなたたちを見送るのはもう十分な気がして」

美鶴が横を向き、口元を引き締めた。

「姉上、泣いたりしないでください。母上に怪しまれます」

「誰が泣くものですか。早く行きなさい」

犬を追うように美鶴は手を振った。藤士郎は、姉に背を向け歩き出す。左京は無言のまま、すぐ後ろをついてきた。

空が青い。風が冷たい。

五治峠の口まで歩く。そこに吉兵衛と数人の村人が立っていた。吉兵衛が深々と頭を下げる。村人たちも同じように低頭した。

礼を返す。懐に納めた砂川村訴状をしっかりと押さえる。

「柘植」

「はい」

「とことん付き合ってもらうことになったな」

ややあって返事があった。

「これも定めかと存じます」

おまえが選んだ定めか。と、問う言葉を藤士郎は呑み込んだ。

今ここにいるのは、おれが決めた定めだ。柘植も同じじか。

もう一度、青い冬空を仰ぐ。

鳶なのか鷹(たか)なのか、翼を広げた鳥がただ一羽、碧天(へきてん)を舞っていた。

「参りましょう」

左京が囁いた。

終章　定め

バシッバシッ。

夜明けの藺草田に乾いた音が響く。

刈り取った藺草を膝に打ち付ける音だ。こうすることで、草に付いた虫や塵をざっと振り落とすのだと聞いた。四尺から五尺はあろうかという草の先は、刃を思わせて鋭く尖る。

藺草の刈り入れは日中を厭い、夜明け前から早朝と日降ち寸前から夜が更けるまで行われる。

朝日が地に満ちて熱を孕んだ光が肌に突き刺さるころ、激しい仕事に一旦区切りをつけ、百姓たちは田から引き上げる。誰もが疲れ切り、寡黙になり、倒れるように眠り込む。しかし、刈り取りの後も数多の為すべき事が残っていた。まず、泥染めを急がねばならない。藺草の束を溝に並べ、泥水に浸ける。しなやかさを保ち、色と香りを守るためには避けては通れない手間だった。

美鶴は最後の一束を運び終え、額の汗を拭った。

「美鶴さま」

おずおずと名を呼ばれる。振り返ると、吉兵衛と数人の村人が身を寄せるようにして立っていた。だれもが日に焼け込んだ褐色の肌をしている。

砂川村の人々の顔と名は全て覚えた。一様に日に焼けた肌をしていても容易に見分けはつく。吉兵衛の後ろに控えているのは、助蔵、松吉、綱五郎、おたけ、そして吉兵衛の娘であるお由だ。助蔵は二合の、綱五郎は三合のまとめ役を担っている。

吉兵衛が一歩、進み出た。

「伊吹さまのご様子は、いかがでございましょうかのう」

「藤士郎ですか。まだ眠っておりますの。本人は一束なりと刈り取りの手伝いをと申しておりましたが、とうてい無理な有り様で……。かえって足手纏いになりますと昨夜、懇々と言い聞かせて諦めさせました。本人は口惜しがっておりましたが仕方ありませんものね」

わざと笑って見せる。

小さな嘘をついた。胸の奥が僅かに痛む。

藤士郎はずっと眠り続けている。まともに言葉を交わすことすらできない。

藤士郎たちは訴状を手に側用人(そばようにん)を訪ねた。主君の側近として、新政を成した重臣は訴え出るにはこの上ない相手だったのだ。

直訴が容易に死罪に結びつくことはない。決められた手続きをせずお上に訴え出る所業は、むろん誅責(ちゅうせき)される。が、

「厳しく罰せられるのは稀(まれ)だ。訴状がよほど不届きか徒党を組んでの強訴でない限り、訴人は咎(とが)めなしで帰されることも多い。そう案じなくとも、よいのではないか」

宗太郎の言葉が一時の慰めではないと知り、胸を撫(な)でおろしたものだ。

それなら、弟たちはすぐに帰ってくる。当てもなく待つことはない。胸の内がすいて、気持ちが軽くなる。美鶴は繰り返し安堵(あんど)の息を零(こぼ)した。

しかし、一月(ひとつき)が過ぎても、藤士郎も左京も戻ってこなかった。さりとて、刑に処せられたという報(しら)せもない。宗太郎が伝手(つて)を頼って探ってはくれたが、詮議(せんぎ)を受けていることより他に何も知れなかった。

日に日に茂登子が痩(や)せていくのがつらかった。美鶴自身も心労で蹲(うずくま)りそうだ。もう立てない、もう歩けない。弱音が喉元までせり上がり、手も足も心も萎(な)えてしま

う。

「おそらく自分たちの体面を守りつつ、どう応じていくか思案が纏まらぬのだろう。村人なら訴人を処罰するのも容易かろう。が、藤士郎たちは武士だ。武士が村の名代として直訴してきた。前例がないゆえに、城側も処決に迷うておるのだ」

処罰の一言が胸に刺さる。

訴人は処罰されるのか。無事ではすまないのか。

美鶴の顔が青ざめたことに気付き、宗太郎が慌てる。

「あ、いや。だからといって藤士郎らが厳しい処罰を受けるとは限らん。まったくもって限らん。気に病むな。前にも言うたが、咎めなしで済むことも多々あるのだ」

「中身によるのでしょうか」

夫ににじり寄り、真正面から見据える。

「訴状の中身が不届きと判じられた場合……、死罪も……ありうるのでしょうか」

「美鶴」

そうだ。咎めなしで済むなら、藤士郎と左京が赴かずともよかった。吉兵衛とかわる要はなかったはずだ。考えればわかることではないか。

考えようとしなかった。考えて兆す不安が怖くて、あえて、目を逸らしていた。けれど一月、沙汰も音信もないとすれば、不安は膨れるだけ膨れ上がり視界一杯に広がってしまう。ただ、何一つ、様変わりがなかったわけではない。

藤士郎たちが村を発って十日も経たぬうちに、新たな検分使がやってきたのだ。まだ十分に若い、精悍な顔つきの武士は丸二日かけて村を隈なく歩き、夜を徹して吉兵衛や綱五郎の話に耳を傾けた。「あい、わかった。この目で見た、耳で聞いたことごとくを必ずや伝える」検分使が言い残して去った七日後、城から新たな沙汰が下った。

年貢の八割免除。御救夫食米の加増。土砂除け入費の全面負担。見舞金付与。村は沸き立った。これで、亡所は免れたと涙し、喜色に面を輝かせた。美鶴も高揚した。

何もかもうまくいった。藤士郎と左京も直に帰ってくる。

本気で信じていた。

甘かった。

人の世の非情さは身に染みているつもりだったのに、まだ、こんなにも甘かった。

容易く、行く末を信じてしまった。

二月経っても、三月経っても弟たちは砂川に戻ってこない。吉兵衛が何度か伺いをたててくれたが、いずれも返答はにべもないものだった。

伊吹藤士郎、柘植左京、両人、詮議中にて報答及ばず。

「万が一、刑に処せられたのならその由が必ず知らされる。それがないというのは、つまり、二人とも生きている証だ」

宗太郎が慰めにならない慰めを口にする。その、不用意な言葉にさえ縋りたい。

医者の助手という仕事がなければ耐え切れなかっただろう。それは茂登子も同じで、子どもたちに手習いを教えることで辛うじて己を保っているようだった。

季節が移ろう。

凍て風が吹いて、藺草の苗植えが始まった。植え付けが終わると正月は目の前だ。年が替われば。

美鶴の祈りに近い望みは叶わず、二人の消息は知れぬまま山裾の桜は散って、藤が咲き、山々は濃い緑に覆われる。

忘れもしない。青くぎらつく空が広がった朝だった。梅雨直近の季には相応しくない猛々しい天色だ。藺草の刈り入れが近いと宣する色でもあった。

その夏の色を背に城からの使者が告げる。

伊吹藤士郎。全ての詮議を終えた故、本日、巳の刻までに囚獄より放免といたす。

迎えるなら東岩(とうがん)橋袂(たもと)にて待て。他の場所での迎えは一切、まかりならん。女人の迎えもこれを禁じる。

「藤士郎は生きておるのですね」

使者の口上が終わるやいなや、美鶴は問い質(ただ)していた。

「生きておるから迎えを寄越(よこ)せと申しておる。遺体ならば引き取りとなるではないか」

四十絡みのよく肥(こ)えた使者は無愛想であったが、眼差(まなざ)しは優し気だった。不意に口調を崩し、笑みを浮かべる。そして二度ばかり頷(うなず)いた。

「ようござった。祝着でござる」

茂登子と宗太郎が深く頭を下げる。美鶴は腰を浮かせたまま、さらに問うた。

「左京は、柘植左京はいかがいたしました。共に、放免となりましたでしょうか」

「柘植左京については、藩士として処することはできぬ。よって、領外追放とする」

使者の物言いからまた情が抜けていく。絶句した美鶴に代わり、茂登子が問いを続けた。

「何故(なにゆえ)でございます。何故、柘植左京だけがそのような責めを負わねばなりませぬ。二人がかほど長きにわたり囚(とら)われていたことさえ納得できませぬのに、さらに追放とはいかような由がございましょうか」

使者が顎を引く。気圧されたのか一瞬だが黙り込む。

「控えよ」

一瞬の怯みを掻き消そうとでもするのか、使者は声を張り上げた。

「伊吹藤士郎は武士の身でありながら村民、百姓の訴人になるなど言語道断。本来ならば、打ち首となってもおかしくない重罪人である。柘植左京にいたっては身分を弁えぬ所行の数々。伊吹を上回る大罪であるぞ。しかし、此度は殿の温情により放免とあいなった。それをゆめゆめ忘れてはならぬ」

茂登子は左京の処遇を問うたのだ。藩主の温情云々は関わりない。話がずれている。あるいは、ごまかしている。

「ありがたき沙汰にて、心底より御礼申し上げます」

美鶴が口を開く前に、宗太郎が答えた。ちらりと妻と義母を見やり、首を横に振る。もう、何も言うなと告げる仕草だ。茂登子は俯き、美鶴は唇を噛んだ。

その日の昼過ぎ、藤士郎は帰ってきた。

藤士郎を負ぶった綱五郎の後ろに、宗太郎と吉兵衛、それに慶吾が続く。

「まあ、藤士郎……」

そう言ったきり、美鶴は言葉を失った。茂登子も眼を見開いたまま、我が子の変わり果てた姿を見詰めていた。

藤士郎はひどく痩せて、やつれ切っていた。青白い顔はほとんど死人のようだ。頬もこけ、両眼は落ちくぼみ、月代(さかやき)も髭(ひげ)も伸び放題で、俄(にわ)かには藤士郎本人とは信じられなかった。

「ずっと獄舎につながれていたらしい。足腰が相当弱っている。まともに歩けるようになるまで、かなり日数がかかろう」

宗太郎が沈痛な声で言った。

「でも生きております、美鶴さま、藤士郎はちゃんと生きて戻ってきました」

慶吾が泣きながら叫んだ。

そうだ、生きて戻ってきた。戻ってくれた。

もう十分だ。

「美鶴、夜具を敷いて。わたしは湯を沸かします。宗太郎どの、お手当てをお願いいたします」

茂登子の声が凜(りん)と響く。零れそうだった涙が引いていく。美鶴は弟の背に手を添えた。ごつごつした骨が手のひらに伝わってくる。

ふっと目覚めたように、藤士郎が目を開けた。美鶴と視線を合わせ、にっと笑う。

「姉上……ただいま戻り……ました」

「お帰りなさい。よく、約束を守ってくれたわね。礼を言いますよ」

「……は」

「え？」

「柘植は……どこに……います」

答えられなかった。呑み込んだ息が喉に痞（つか）える。しかし、答える間もなく藤士郎はまた目を閉じた。


あれから十日が経つ。

藤士郎は一日の大半を眠ったままだった。宗太郎の薬湯と水、重湯の他は口にしない。しても吐いてしまう。弱り切った身体が受け付けるものは限られているのだ。

「伊吹さまは村の恩人でございます。我らにできることがあれば、何なりとお申し付けください。村の者はみな、伊吹さまのご恢復（かいふく）を祈っております」

「それは、まことにありがたいことです。でもね、吉兵衛どの。そのように畏（かしこ）まられたら、弟はかえって居づらいと思います。わたしたちは、伊吹の家の者もわたしも宗太郎さまも砂川村の民だと思うております。弟はだから、村人としてやるべきことを成し遂げました。そういう風に考えてもよろしいでしょうか」

吉兵衛は顔を上げ、暫(しばら)く美鶴を凝視(ぎょうし)した。それから、ゆっくりと笑んだ。

「蘭草の植え付けも刈り入れも、なかなかに難しゅうございますが、伊吹さまには努めて身につけてもらわねばなりませんなあ」

「ええ、そう覚悟するように申しつけておきます」

美鶴も笑みを返した。

何を話し合ったわけではない。けれど、わかる。藤士郎は、家の再興とも仕官とも刀とも無縁の場所で生きていくつもりなのだ。

吉兵衛たちと別れ、伊吹の家に向かう。

「ま……」

足が止まった。

藤士郎が杖(つえ)をついて、庭に立っている。帰ってきたときと同じ夏空を見上げていた。

「藤士郎、あなた、動いて大丈夫なの」

駆け寄り、支えようと手を伸ばす。

「……いい匂いがする」

「え？」

「姉上から土の香りが……」

「ああ、これね、藺草の泥染めを手伝っていたの。その匂いが染みついたのかしら」

慣れ過ぎて、自分ではわからない匂いだ。そういう匂いに染まっているのなら嬉しい。

「姉上」

「なあに」

「柘植は……来ましたか」

今度は答えられる。美鶴は深く頷いた。

「来ました。あなたが戻ってきた翌日に」

「別れを告げに、ですか」

「さあ、どうなのでしょうか」

朝まだき、藺草田に向かう美鶴の前に左京は現れ、静かに一礼をした。やはり痩せて、やつれは隠せなかった。しかし、月代も髭もきれいに剃っていて、足取りも確かなようだった。

「左京、あなたその形は……」

左京は旅装束に身を包んでいたのだ。

「領外追放となりましたゆえ、これから江戸に発ちます」

「江戸に？　江戸に上るのですか」

「はい」

「それで、いつ、いつ帰ってくるのです」

左京が笑う。作り笑いではなく、本心からおかしかったようだ。

「わたしは追放の身です。天羽に帰ってこられるはずがありませぬ」

「なぜ、あなただけがそのような罰を受けねばなりません」

「藤士郎さまもなかなかに痛めつけられたではありませぬか。狭い牢舎にずっと閉じ込められていたようです。並の者なら気がふれてもおかしくない仕置でした」

左京が目を細める。

「もしかしたら、城側はそのつもりであったのかもしれません。藤士郎さまは藩政の裏側を知り過ぎた。できれば口封じをしたかったのでしょう。しかし、罪人として処刑すれば、始まったばかりの新政が徳政に基づかぬことになる。それならば、いっそ、詮議を引き延ばしてと考えたのではありますまいか。推量に過ぎませぬが」

そこで、左京は短く息を吐いた。

「藩主が動いたようです」

「え？」

「側用人らは、藤士郎さまのことを隠し通すつもりだったようですが、藩主に進言した者がいたようで、藩主自ら我らの放免を命じたと聞き及びました。上意なら、逆らえる者はいない。側用人らは責めを問われ、蟄居を命じられたとか。これは定かではありませぬが」

進言した者の真意ははかれない。側用人を追い落とすための賭けであったかもしれない。けれど、城の内にも、政の内にも正道はあると信じたい。正義も誠も志も滅んでいないと信じたい。藩主の徳政を本気で支えようとする者がいる。罪のない若者を辛苦から救い出そうとする者がいる。そう信じたい。

「左京、ではなぜ、あなたは天羽を追い出されるのです」

「わたしが柘植の生き残りだからです。柘植の者は、天羽の闇を担ってきた。藩主はそれを厭いました。闇を斬り捨てようとしたのです。まあ、それはそれで結構。闇なくして政が成り立つなら、何よりでしょう。成り立つとはとうてい思えませんが」

「左京」

「全てを忘れると誓いました。わたしが能戸の牢屋敷で見てきたことも聞いてきたことも、ことごとく忘れると」

美鶴は息を呑んだ。

「それと引き換えで、藤士郎は牢から出られたのですか」

「いいえ、わたしの誓いなどなくとも、藤士郎さまは解き放たれたでしょう。訴人を咎めず、放免する。その事実こそが徳政の証になりますから。ただ、今後一切、藤士郎さまに手を出さない約定は取り付けました。藤士郎さまがどのような生き方を選ばれても、城側から関わってくることはないかと存じます」

「左京、あなたはやはり藤士郎を守り通してくれたのですね」

左京が拒むように、かぶりを振った。懐から折り畳んだ紙を取り出し、美鶴に手渡す。

「これは？」

藤士郎への文？

「わたしの知る限りですが、天羽の山々で採れる薬草の名と群生地を書き出してみました。今泉さまの役に立つやもしれません」

「駄目よ。このまま藤士郎に逢わずに行くなんて駄目」

左京が一歩、退く。

「藤士郎さまにお伝えください。これで借りは返した、と。お互い貸し借りは一切、なくなったと。それをお願いしたく参上いたしました」

「左京、待って」

手を伸ばしたけれど、触れられなかった。

同じ母から、同じ刻に生まれた弟は、指先にさえ触れさせず姉の眼前から消えた。


藤士郎は空に目を向けたまま、唇を嚙み締めた。

そうか、行ってしまったか。

江戸で待っている女の許になのか、おれの知らないどこかになのか……行ってしまったのだな、柘植。

貸し借りは、なしか。馬鹿だな、おまえは。そんなものに縛られて、拘って……

馬鹿だ。

もう二度と逢うことはないのかと考える。

いや、人の明日などだれにもわからない。明日、明後日、一年後、十年後、ひょっこり顔を合わせることだってあると考え直す。生きていれば、何だって起こるのだ。

そう容易く切れはしないさ、柘植。切れさせはしない。

「少し、庭を歩きますか。でも、無理は駄目よ」

美鶴が背中に手を添える。

「姉上、今年は無理ですか」

「え?」

「藺草の刈り入れです。この身体では……役に立たないでしょうか」

「そうね、足手まといにしかなりませんね」

「……きついな、姉上は」

「本当のことですもの。でも、藤士郎、稲刈りには間に合うわ」

美鶴と目を合わせる。藤士郎はゆっくりと告げた。

「牢の中でずっと考えていました。生きて戻ってこれたら、もうどこにもいかない。一から仕事を覚えて、ここで生きていきたいと」

口にすると、それこそが定めだと信じられた。焼けた空から降り注ぐ雨の中、父に呼ばれて山道を歩いた、あのときから定められていたのだと。いや、違う。

定められたのではない、定めたのだ。己で決めた。

己の生き方を決めたのだ。
藤士郎は杖を持つ手に力を込め、地を踏みしめる。
美鶴が身を寄せてきた。
土の匂いがした。

解説——時代の霧を晴らし足下を照らす道標

ブックジャーナリスト　内田剛

　メッセージ性のある雄弁な語り口に、奥深い余韻を感じさせる人間讃歌……これは問答無用の名作だ。『天を灼く』『地に滾る』『人を乞う』……あさのあつこの代表作である青春時代小説シリーズ三部作「天地人」が文庫本で揃って読めることは本当に嬉しい。あさのあつこといえば誰もが知る人気作家のひとり。書店員を三十年勤めた自分にとっても非常に慣れ親しんだ作家だ。代表作といえば青春小説、部活小説の金字塔ともいえる『バッテリー』シリーズだ。個人的にも『バッテリー』であさのあつこを知り、その物語の魅力に惚れ込んで、角川文庫版だけでなくハードカバーの単行本（教育画劇）を揃えたばかりか、小説の舞台である備中高梁はじめ岡山県各地の聖地巡りもした。アニメ化や映画化の話題もあって書店店頭でも一等地で売り続けた記憶も懐かしい。『バッテリー』の凄さは述べ一〇〇〇万部を超え爆発的に売れたばかりでなく、ロングセラーとして読み継がれていることだろう。世代を超えて読み継がれる不朽の名作である。

もちろんあさのあつこは『バッテリー』だけの作家ではない。世に送り出す作品の質はハイレベル、名作タイトルも豊富でその量は膨大だ。児童文学からミステリーやSFなどジャンルも多岐にわたるが、主軸となるのは青春と時代小説であろう。『バッテリー』を読んであさのあつこを知り、次に何を読むべきかと聞かれたら迷わずこの「天地人」三部作を勧めたい。日本人の矜持、揺るがぬ信念、抗えない運命、若き血潮の滾り、美しき成長、生きる喜び……ここにはあさのあつこ文学の真髄が如実に描かれているのだ。

あさのあつこの描き出す青春世界は爽やかで清々しいだけではない。挫折の連続で懊悩を繰り返す悶々とした日々が現実感を持って横たわっている。運命に翻弄されて迷い苦しむ、偽りのない人間の営みそのものが再現されているのだ。この物語は切っても切れない人の絆と、身体中からにじみ出た血と汗と涙で出来ている。発せられる光が眩しいほどその影となる闇もまた深い。死が身近であるからこそ生の輝きが愛おしく眩しい。人生を照らし出す光の明滅が物語全体からはっきりと感じ取れるのだ。

物語の主要な舞台は天羽藩（あもう）という架空の場所。物語の中でたびたび登場してくる舞台は藺草（いぐさ）の名産地でもある。藺草は古（いにしえ）の昔より日本文化の一つとして親しまれ日常生活とも密接である畳表の原料だが、この藺草に囲まれた風景が故郷を象徴するとともに過酷なストーリーにスパイスを与えている。藺草は地味な存在ではあるが生活には欠かせない必需品であり、生産にはたくさんの工程が必要となる。収穫に大きな苦労を伴うというポイントは一筋縄ではいかない人生ともリンクする。さらにしっかりと根を張り真っ直ぐ（まっす）に伸びる藺草の姿に、ごく自然に若者の成長を重ねてしまう。藺草の産地といえば江戸時代の干拓によって盛んとなった岡山県早島（はやしま）を真っ先に思い浮かべるが、岡山県出身作家の代表格である著者の特別な思い入れを感じとってしまう。ちなみに瀬戸内海にも近いこの地方は夕陽の絶景ポイントとしても知られている。物語を読みながら見渡す限り青々と埋め尽くされた藺草田と、紅（くれない）色に天を染めたような色彩のイメージが脳裏に焼きついているが、細やかに五感を刺激する映像が眼前に広がるような情景描写の見事さも忘れがたい作品の魅力。命を吹き込まれた風景たちが名場面とともに何度も頭の中でリピートされるのだ。

『天を灼く』『地に滾る』『人を乞う』……なんと風格の漂（ただよ）うタイトルだろうか。「天地人」というトライアングル。この三本の矢に込められた意味も、この上ないほど絶妙だ。物語は天から降り注ぎ、地から湧き上がり、人という存在を際立たせる。人は天命によって突き動かされ、地に足をつけて創造し、人として生きていく。ページをめくる前から波瀾万丈な人間模様が目に浮かんでくる。

天下泰平の江戸の世にあってもこの物語は容赦ないドラマが待ち構えている。シリーズ三作品それぞれに壮絶な試練が仕込まれているのだ。第一作『天を灼く』からもうクライマックスのような高揚感だ。主人公の伊吹藤士郎は天羽藩上士の嫡男。豪商と癒着した罪で藩主より切腹を命じられた父・斗十郎の介錯をする場面から物語は大きく転がっていく。父の首を切った手応えと血の匂いがその後の藤士郎の人生に重たい十字架となってのしかかる。なぜ父は罪を犯したのか。自分に命を預けたのか。その真相を追いかけるうちに藩政中枢の黒幕の存在が見え隠れしてくる。不可解な父の死。その名誉回復のために、遺された家族のために、そして己の生き様を極めるために、不器用にもがきながら藤士郎はただひたすらに「生きる」のだ。

物語の軸となるのは藤士郎の周辺の人間関係である。所払いとなって僻地に移り慎ましく暮らす母と姉。世話人として付き従う柘植左京。竹馬の友である仲間たち。とりわけ父の無実を信じながら弟を思い待ち続ける姉・美鶴の姿が気高く美しい。決して特別なヒーローではない藤士郎とクールな仕事人・左京との関係もまた三作を通じた読みどころのポイントだ。ぎこちない掛け合いをたどるだけでも面白い。寄り添い離れながら二人は牽制し信頼を深めてともに成長する。

第二作『地に滾る』は天羽藩を離れ江戸の街での真相究明がメインとなる巻だ。平凡でも実直に暮らそうという藤士郎たちの思惑は、理解しがたい政争に巻き込まれて、儚くも崩れ去る。胸を掻き毟られるような悲劇もまた訪れる。本作『人を乞う』で城に呼び出された藤士郎は恐るべき沙汰を命ぜられる。命令に背けば我が命はない。なぜ人は思い通りに生きられないのか。見えない力が歪めてしまう日常。懐に常に刀を持った江戸時代の権謀術数の果ては見るも無残な殺し合い。生きるか死ぬかの真剣勝負の日々でもある。歴史上、流されなくて良い血が一体どれほど流されてしまったのだろうか。善良な名もなき人々の骸が積み重なってこの世は動いているのかもしれない。無益な争いに巻き込まれる無念の叫びもまた虚しくも激しく心に突き刺さるのである。

一寸先も分からない運命は人為的に仕組まれたものだけではない。もっと大きく人間世界全体を包み込む大自然の咆哮もあるのだ。天災と人災（政治）に翻弄される彼らの姿が、現在のわれわれと重なって見え、物語を体感せずにはいられない。

時代小説は確固たるジャンルであるが、「時代」と聞くだけで尻込みしてしまう読者もいまだに多い。価値観の異なった言葉や文化に戸惑いがあって当然だ。しかしあさのあつこ作品は違う。情景描写、人物表現がとにかく生き生きとしており、新鮮な魅力を放っている。描かれた舞台は明らかに今と未来を繋いでおり、登場人物たちの奮闘は現代に生きる僕らの問題意識とも共通している。こうした圧倒的な読みやすさも作品の大きな魅力の一つだろう。

理不尽ばかりで不安と不穏な空気に満ち溢れた世の中で、僕らの行き先はますます深い闇に覆われ、明日の道さえも見えにくい。あさのあつこ文学はそんな時代の黒い霧を晴らし足下を明るく照らす道標でもある。逆境の中でも信念さえあればしたたかに生きられる。自分自身で切り開く未来への道筋は信ずる正義が貫かれた一本道。いまの世界に絶対的に必要な物語がここにある。

あさのあつこは止まることなく歩み続けている。本書『人を乞う』とほぼ同じタイミングで青春小説『ハリネズミは月を見上げる』（新潮社）と時代小説『えにし屋春秋』（角川春樹事務所）を立て続けに刊行。来年には人気の弥勒シリーズ最新刊『花下に舞う』（光文社）の上梓も予定されている。著者の揺るぎない足どりは、僕らに大きな生きる勇気を与えてくれる。この素晴らしい作家と同時代に生きている幸せを存分に噛（か）みしめながら、新作と出会う喜びを多くの読者と分かち合いたい。

（本書は令和元年十月、小社
から四六判で刊行されたものです）

人を乞う

一〇〇字書評

切・り・取・り・線

購買動機（新聞、雑誌名を記入するか、あるいは○をつけてください）	
□（　　　　　　　　　）の広告を見て	
□（　　　　　　　　　）の書評を見て	
□ 知人のすすめで	□ タイトルに惹かれて
□ カバーが良かったから	□ 内容が面白そうだから
□ 好きな作家だから	□ 好きな分野の本だから

・最近、最も感銘を受けた作品名をお書き下さい

・あなたのお好きな作家名をお書き下さい

・その他、ご要望がありましたらお書き下さい

住所	〒				
氏名		職業		年齢	
Eメール	※携帯には配信できません		新刊情報等のメール配信を 希望する・しない		

この本の感想を、編集部までお寄せいただけたらありがたく存じます。今後の企画の参考にさせていただきます。Eメールでも結構です。

いただいた「一〇〇字書評」は、新聞・雑誌等に紹介させていただくことがあります。その場合はお礼として特製図書カードを差し上げます。

前ページの原稿用紙に書評をお書きの上、切り取り、左記までお送り下さい。宛先の住所は不要です。

なお、ご記入いただいたお名前、ご住所等は、書評紹介の事前了解、謝礼のお届けのためだけに利用し、そのほかの目的のために利用することはありません。

〒一〇一―八七〇一
祥伝社文庫編集長　坂口芳和
電話　〇三（三二六五）二〇八〇

祥伝社ホームページの「ブックレビュー」からも、書き込めます。
www.shodensha.co.jp/bookreview

祥伝社文庫

人を乞う

令和 2 年10月20日　初版第 1 刷発行

著　者　あさのあつこ

発行者　辻　浩明

発行所　祥伝社（しょうでんしゃ）

東京都千代田区神田神保町 3-3
〒101-8701
電話　03（3265）2081（販売部）
電話　03（3265）2080（編集部）
電話　03（3265）3622（業務部）
www.shodensha.co.jp

印刷所　萩原印刷
製本所　積信堂
カバーフォーマットデザイン　中原達治

本書の無断複写は著作権法上での例外を除き禁じられています。また、代行業者など購入者以外の第三者による電子データ化及び電子書籍化は、たとえ個人や家庭内での利用でも著作権法違反です。
造本には十分注意しておりますが、万一、落丁・乱丁などの不良品がありましたら、「業務部」あてにお送り下さい。送料小社負担にてお取り替えいたします。ただし、古書店で購入されたものについてはお取り替え出来ません。

Printed in Japan ©2020, Atsuko Asano

ISBN978-4-396-34681-2 C0193

祥伝社文庫の好評既刊

あさのあつこ かわうそ お江戸恋語り。

〈川獺(かわうそ)〉と名乗る男に出逢い恋に落ちたお八重(やえ)。その瞬間(とき)から人生が一変。謎が、死が、災厄が忍び寄ってきた……。

あさのあつこ 天を灼(や)く

父は切腹、過酷な運命を背負った武士の子は、何を知り、いかなる生を選ぶのか。青春時代小説シリーズ第一弾！

あさのあつこ 地に滾(たぎ)る

藩政刷新を願い、追手の囮となるため脱藩した伊吹藤士郎。異母兄と共に江戸を目指すが……。シリーズ第二弾！

神楽坂　淳 金四郎の妻ですが

大身旗本堀田家の一人娘けいが、嫁ぐように命じられた男は、なんと博打好きの遊び人――遠山金四郎だった！

神楽坂　淳 金四郎の妻ですが 2

借金の請人になった遊び人金四郎。返済の鍵は天ぷらを流行らせること⁉ 知恵を絞るけいと金四郎に迫る罠とは。

西條奈加 六花落々(りっかふるふる)

「雪の形を見てみたい」自然の不思議に魅入られて、幕末の動乱と政に翻弄された古河藩下士・尚七の物語。

祥伝社文庫の好評既刊

西條奈加 銀杏手ならい

手習所『銀杏堂』に集う筆子とともに成長していく日々。新米女師匠・萌の奮闘を描く、時代人情小説の傑作。

有馬美季子 はないちもんめ

口やかましいが憎めない大女将・お紋、美貌で姉御肌の女将・お市、見習い娘・お花。女三代かしまし料理屋繁盛記！

有馬美季子 はないちもんめ 秋祭り

お花、お市、お紋が見守るすぐそばで、娘が不審な死を遂げた――。食中りか毒か。女三人が謎を解く！

有馬美季子 はないちもんめ 冬の人魚

北紺屋町の料理屋〝はないちもんめ〟で「怪談噺の会」が催された。季節外れの人魚の怪談は好評を博すが……？

有馬美季子 はないちもんめ 夏の黒猫

川開きに賑わう両国で、大の大人が神隠し⁉　評判の料理屋〈はないちもんめ〉にまたも難事件が持ち込まれ……。

有馬美季子 はないちもんめ 梅酒の香

座敷牢に囚われの青年がただ一つ欲したもの。それは梅の形をした料理。誰にも心当たりのない味を再現できるか？

〈祥伝社文庫　今月の新刊〉

五十嵐貴久　**波濤（はとう）の城**
沈没寸前の豪華客船、諦めない女消防士の救出劇。

原田ひ香　**ランチ酒**
料理と酒に癒される、珠玉の人間ドラマ×絶品グルメ。

青柳碧人　**天使のアイディア**
少女の仕掛ける驚天動地のトリックが捜査を阻む！

福田和代　**いつか夜は明けても**　S&S探偵事務所
最強IT探偵バディが人口激減を企むハッカーに挑む。

草凪　優　**人殺しの血**
「父親の罪が俺を怪物にした」男と女の逃避行はじまる。

近藤史恵　**Shelter**　新装版
体の声を聞き、心のコリをほぐす整体師探偵シリーズ第三弾。

笹沢左保　**霧に溶ける**
完全犯罪の企みと女の狂気、予測不能のミステリー。

鳥羽　亮　**剣鬼攻防**　介錯人・父子斬日譚
父を殺され、跡を継いだ若き剣士が多勢の賊を討つ！

あさのあつこ　**人を乞（こ）う**
父の死後、兄弟が選んだ道とは。感動のシリーズ完結編。

黒崎裕一郎　**必殺闇同心　娘供養**　新装版
〈闇の殺し人〉直次郎が消えた娘たちの無念を晴らす。

今村翔吾　**襲大鳳（かさねおおとり）（下）**　羽州ぼろ鳶（とび）組
尾張藩邸を猛火が襲う。現れた伝説の火消の目的は？

今月下旬刊　予定

夏見正隆　TACネームアリス　**地の果てから来た怪物（上）**
日本海に不審な貨物機が。F15Jが確認に向かうが…。

夏見正隆　TACネームアリス　**地の果てから来た怪物（下）**
国籍不明のF15が空自機を撃墜！　その狙いと正体とは！

小杉健治　**白菊の声**　風烈廻り与力・青柳剣一郎
悪人の見る悪夢の正体は？　剣一郎が冤罪に立ち向かう。

野口　卓　**承継のとき**　新・軍鶏侍
元服した源太夫の息子は、剣を通じて真の友を見出す。